동네 바이브

동네 바이브

김은지
산문집

시골 친구 삼아 떠나는 즐겁고 다정한 여행기

안온

차례

2   어떻게 덜 좋아하지?

1 ——— 오늘은 첨탑까지 가보자

너와 조금 걷던 동네

서울 은평구 신사동

조금 걸을 척.

한자 부수 중에 '조금 걸을 척' 자를 좋아한다. 이렇게 생겼다. 彳. 한자를 잘 아는 건 아니지만 처음 봤을 때부터 생김새가 마음에 들었고, '조금 걸을 척'이라는 다섯 음절을 들을 때면 나도 모르게 소리 내어 따라 하고 있었다. 조금 걸을 척, 조금 걸을 척. 강아지 산책줄을 쥔 손처럼 보이기도 하고 힘든 등산길에 찾은 튼튼한 나뭇가지 같기도 하다. 원래의 뜻과 상관없이 처마 밑에서 갑작스러운 비를 피할 때도 조금 걸을 척을 생각한다.

은평구 신사동*을 기억할 때도 이 글자를 생각한다. 아는 것 하나 없는 동네였지만, 남편 직장 근처라서 그곳에 집을 구했다. 강아지를 산책시키려 이 골목 저 골목을 탐색했는데, 한 번도 가본 적 없는 동네 곳곳은 나를 조금 들뜨게 했다. 강아지의 발걸음에 맞춰 도로와 건물과 상점과 하늘이 스르륵 생성되는 기분. 게임 지도에서 새로운 구역이 동기화될 때와 비슷했다. 제각각 다른 모양의 주택과 우유 대리점이나 채소 가게 같은 작은 상점들

---

* 강남구 신사동이 유명해 택시를 타면 꼭 '은평구' 신사동이라고 강조했다. 관악구에도 신사동이 있다.

을 지나노라면 불현듯 조명이 쨍한 가방 가게가 나타나는…… 신사동은 걷기에 즐거운 동네였다.

개들은 후각이 몹시 발달해 냄새 맡는 것을 좋아한다고 한다. 자기주장이 강하기로 유명한 말티스가 냄새를 따라 어느 방향으로 갈지를 정하면 나는 잠자코 뒤를 따랐다. 저토록 열심히 코를 킁킁거리는 게 신기했다. 자신에게 주어진 뛰어난 재능과 감각을 마음껏 사용하는 기쁨을 생각했다. 아주 맛있는 음식을 먹었을 때와 같을까? 멋진 책을 읽는 기분일까? 지금 강아지의 기분이 무척 좋은 것이라 짐작할 뿐이었다.

어느 날 개를 키우기로 결심했다. 처음에는 부담스럽게 생각했는데 심경의 변화가 일어나 부러 사람들에게 이야기하고 다녔다. 얼마 있지 않아 친구에게 지인이 입양처를 찾는다는 연락이 왔다. 반려동물을 들일 수 없는 원룸으로 이사하게 되어 개를 키울 수 없게 되었다고 했다. 무슨 용기였는지 아무것도 물어보지 않고 작은 강아지를 집으로 맞았다. 모쪼록 전선과 벽지만은 물어뜯지 않기를 바라며.

집에 도착한 강아지는 말티스였다. 이름은 '애기'. 한 살 정도 되었다고 했다. 애기는 나와 남편 '캐빈'을 전혀 좋아하지 않았고, 집에 보내달라는 시위를 하는지 캐리어 안에만 있었다. 그때 알게 되었다. 강아지도 스트레스를 받으면 다크서클이 크게 생긴다는 것을.

다음 날 집 앞 불광천으로 산책을 나갔다. 듣기로 애기는 주로 집에서만 지냈다는데, 불광천 산책로를 마음껏 달린 후 애기는 우리를 가족으로 받아들인 것 같았다. 다크서클이 없어졌고 캐리어에 들어가지 않았다. 불광천에는 애기를 위한 철봉도 있었다. 인간이 운동하기에 적당해 보이는 두 개의 철봉 옆에 자리한 아주 낮은 철봉. 나는 그것을 강아지용으로 짐작하고 철봉 하는 애기 사진을 자주 찍었다.

미처 사진으로 간직하지 못한 추억도 많다. 불광천에는 작은 바위로 이어진 징검다리가 있었는데, 곧잘 그 다리를 건너곤 했던 애기가 하루는 그만 물에 빠지고 말았다. 다행히 얕은 물이라 위험하지는 않았지만 그래도 놀란 나는 애기를 얼른 구해(?)주었는데 처음 보는 애기의 표정이 너무 귀여운 나머지 웃음이 터져버리고 말았다. 개울에 빠진 애기의 표정을 본 사람은 나밖에 없고,

아직도 그걸 남편에게 자랑한다. 이런 게 자랑이 된다. 나에게 '징검다리 애기 표정'이 있다면 남편에게는 '닥터 애기'가 있다. 사랑니를 몹시 힘들게 뽑고 온 남편이 침대에 누워 쉬려고 하는데, 애기가 남편의 얼굴에 코를 대고 킁킁대더니 볼을 한참이나 핥아주는 것이었다. 애기는 평소엔 잘 핥지 않는 강아지였지만, 피 냄새를 맡고서 남편을 고쳐주려는 것 같았다. 통증이 가라앉지 않으면 응급실에 갈 수도 있다는 의사의 말에 바짝 긴장했었는데, 닥터 애기가 경직되었던 우리의 마음을 확실하게 고쳐주었다. 이후 나도 사랑니를 뽑았고 애기의 진료를 받을 기대에 부풀었는데, 가까이 다가가 얼굴을 대어보아도 애기는 아무런 반응이 없었다. 진정으로 필요할 때만 나타나는 닥터 애기였다.

신사동 우리 집은 다가구주택 3층이었다. 대체로 남향집이 인기지만 우울감이 있거나, 늦게 하루를 시작하는 사람에게는 서향집이 더 나을 수도 있다고 한다. 우울감이 있고 늦게 일어나는 사람이 바로 나였다. 일부러 서향집을 구한 건 아니었지만 창으로 햇볕이 가득, 오래 들어오는 건 과연 좋았다.

창문을 열면 바로 앞 양옥 건물의 어린이집 지붕이 보였고, 동네에 높은 건물이 없어서인지 멀리 성당의 첨탑도 보였다. 그 풍경이 너무 좋아서 종일 첨탑만 보고 있을 수 있었다. 시력 검사를 할 때 보이는 한 그루의 나무에도 나는 아련한 기분이 든다. 고향 집도 3층이었는데, 바깥으로 난 계단에 앉아 있으면 멀리 논을 지나 하얀 교회 건물 한 채가 보였다. 어릴 때 친구들과 나는 하얀 건물이 달로 가는 우주선이라도 하고, 무서운 로켓이라고도 했다. 저기는 영국이고 외국 사람들이 살고 있을 거라고도 했다. 실제로는 도보 20분 거리였는데도.

"오늘은 첨탑까지 가보자."

강아지와 같이 걷는데 성당은 보이는 것보다 멀었다. 그래도 강아지와 걷기에는 괜찮은 거리였다. 수의사 선생님이 애기에겐 20분 정도의 산책이 적당하다고 했다.

가좌로를 따라 내려오면서 길 건너에 보이는 빌라 중 한 채에 살면 좋겠다고 생각했다. 어딘가에 살아보고 싶다, 하는 마음은 잘 들지 않는데 불 밝힌 창에서 새어 나오는 빛을 보면 그런 마음이 들었다. 신축 건물도 아니고 고급 빌라도 아니었다. 한 채 한 채 다르게 생긴 아담

한 집들을 보면 그곳에 사는 사람들도 저마다의 삶을 나름대로 잘 꾸려가고 있을 것 같았다. 저 집에 살면 어떨까, 막연히 상상해보는 게 조금은 슬프고 조금은 설렜다.

한동안 추억 가득한 신사동을 말하지 않고 지냈다. 글로 쓰지도 않았다. 옛날이야기를 하는 건 괜한 노스텔지어에 빠지는 일 같았다. 그러다 당장 필요한 이야기, 지금 여기의 감수성을 놓칠 것만 같았다.

그런 내가 옛날이야기를 다시 좋아하게 되었다. 루이자 메이 올컷의 소설 〈가면 뒤에서, 또는 여자의 능력〉을 읽었기 때문이다. 어느 팟캐스트 방송을 듣다가 최근 그녀의 초기작이 여성주의 연구자들에게 새로주목받고 있다는 정보를 얻었다. 'A.M.버나드'라는 이름으로 쓴 선정소설에 페미니즘 관점과 노예 해방 사상이 여실히 담겨 있다는 것이다. 위 작품이 수록된 《가면 뒤에서》(서정은 옮김, 문학동네, 2023)를 당장 구해 읽었다. 올컷은 《작은 아씨들》(유수아 옮김, 펭귄클래식코리아, 2011)로 명성을 얻기 전에도 수많은 소설을 썼고 그중에는 대중소설, 선정소설도 다수 포함되어 있다. 올컷의 실제 삶은

《작은 아씨들》의 인물, '조'의 이야기와 비슷한 면이 있다. 조는 신나게 글을 쓰고 있었는데 '왜 이런 글을 쓰냐' 하는 비판에 낙심하고 화가 난 나머지 한동안 글을 못 쓴다. 하지만 그 시기를 지나온 덕분에 후에 한층 문학적 가치가 높은 글을 쓸 수 있게 되었다.

이와 별개로 〈가면 뒤에서, 또는 여자의 능력〉은 무척 놀라운 작품이었다. 마성의 주인공이 인물들의 마음을 얻는 과정과 기술은 실로 매력적이었다. 페이지를 넘길 때마다 무엇이 진실인지 어서 알고 싶었다. 나는 스릴러를 좋아하지도 않는데!

올컷의 초기 작품을 접하면서 내게 작은 변화가 생겼다. 본격적인 작품 활동을 하기 전에 쓴 글들을 다시 보게 된 것이다. 예전에는 그 글들을 보면서, '와, 이런 시로 세상에 알려지지 않아서 정말 다행이다'라고 생각했는데, 지금은 거기에도 나름의 매력이 있지 않을까 궁금해졌다.

생각날 때마다 옛날이야기를 마음껏 하고 싶다. 얼마 전 무지개다리를 건넌 애기가 우리를 가족으로 받아

들여준 기억도 더는 흐릿해지지 않게 하고 싶다.

아무것도 모르고 과감하게 이사 온 사람을 위해서인지 전철역을 응암, 새절 무려 두 군데나 준비해둔 신사동. 불광천 공원은 물론이고 대형마트, 병원, 동사무소, 문화 공간 모두 도보로 다닐 수 있게 해준 신사동. 그곳에서 이웃집 피아노 소리를 들으며 썼던 시들도 다시 꺼내 보고 싶다. 무엇보다 애기와 신나게 달렸던 신사동의 그 길을 잊지 않고 싶다.

웹툰 그리는 사람 잎파랑이

서울 성동구 성수동

성수동에 갈 일이 생겼다. 다른 일은 아니고 9주짜리 웹툰 클래스를 들으러 토요일마다 가게 된 것이다. 난데 없이 웹툰이라니 이게 어떻게 된 건가 하면…….

웹툰 작가 '예묘'님을 동네 책방에서 알게 되었다. 활발한 활동도 멋졌지만 나와 같은 아파트 단지에 산다니 더 관심이 갔다. 어느 날 작가님을 집 앞 신호등에서 우연히 만났는데 나의 시집을 손에 들고 있는 것이 아닌가? 반가워 여쭤보니 마침 책방에 들러 한 권 사서 오는 길이라고 했다. 작가님도 같은 단지에 사는 시인이 궁금했을 것이다. 내가 그랬던 것처럼. 작가님의 웹툰에 우리 동네가 등장하면 특히 공감하며 봤다. 혹시 책방에서 클래스를 한다면 참여하고 싶었는데, 작가님은 가르치는 일을 할 계획은 없다고 했다. 그런데 몇 년이 지나 강좌 공지가 뜬 것이다.

토요일 일정을 아홉 번이나 비워둘 자신이 없어서 며칠을 망설였다. 무슨 망설임이 이렇게 설렌담? 같은 동네 사는 선생님을 성수동까지 가서 만나야 하는 게 조금 웃겨서 공지를 자세히 살펴보니, 그곳은 모든 장비와 도구가 갖춰져 있는 웹툰 아카데미였다. 마감되면 어쩌지 걱정하면서 링크를 클릭했다. 심장이 두근거렸다. 심장의 소리를 따를 때가 아닐까? 평일 주말 할 것 없이 여러 일에 바쁜 와중이었지만, 등록 버튼을 눌러버렸다. 약한 체력과 무리하지 않는 성격의 나도 가끔 이런 선택을 한다. 열심히 그릴 수 있을 거라는 확신이 들었다. 한창 일이 많을 때 하루 네 시간밖에 못 자고 글을 쓴 적이 있는데, 오히려 그 시기에 살면서 가장 많은 책을 읽었다. 허기를 채우려고 도넛을 먹는 사이에도 꿀꺽꿀꺽 책이 읽혔다. 그때 경험을 되새기며 바쁘다는 핑계를 접어두고 9주 동안 웹툰 수업 중심의 생활을 꾸려보기로 한 것이다.

성수동과는 유튜브 덕분에 먼저 친숙해졌다. 길거리 인터뷰를 하는 유튜브 채널에서 성수동은 힙스터의 동네로 소개됐다. 나도 지나가다 이석훈 씨를 마주치면 인터뷰에 응할 용기가 있을까? 정말 특별한 하루가 되겠지? 편집되지 않을 대답을 해야 할 텐데. 누가 지금 무슨 노래 들어요? 묻는다면, 〈더 퍼스트 슬램덩크〉 OST를 말하고 싶다…….

특별한 하루의 가능성을 품고 있는 거리, 웹툰 아카

데미로 가는 길엔 자동차 정비소와 가구 공장이 많다. 보도가 따로 없어 알아서 차들을 피해 다녀야 한다. 카페와 식당들이 트렌디하다. 한번은 입장권이 생겨 팝업 스토어에 가봤는데 신제품 라면(삼양 쿠티크 에센셜 짜장) 홍보 매장이었고, 어느새 나는 거대한 짜장라면 그릇에 앉아 네 컷 사진을 찍고 있었다.

힙스터들을 보면 비발디의 〈사계〉가 떠오른다. 정확하게 말하면 〈사계〉를 연주한 나이젤 케네디를 떠올린다. 비발디의 〈사계〉는 발표된 당시에는 별로 주목받지 못했다고 한다. 바이올리니스트 나이젤의 턱시도를 입지 않는 독특한 스타일과 그만의 자유로운 연주 덕분에 이 작품이 대중에게 사랑받게 됐다는 것이다. 성수동도 마찬가지로 자유로움을 추구하는 사람들 덕분에 한번 가보고 싶은 곳이 된 것은 아닐까? 나이젤의 이야기는 구독하는 팟캐스트에서 잠깐 들었을 뿐이지만 무척 인상적이었다. 나이젤이 헌 옷차림으로 연주하게 된 건 턱시도를 챙기는 걸 깜빡해서였다. 그 일을 계기로 자신의 확실한 개성을 찾을 수 있었다나. 파격적인 행보의 기저에는 꼭 대단한 결심이 있어야 할 것 같지만, 일상에서의 사소한 실수가 그 계기가 되기도 한다. 앞으로 실수하게 되면 당황하지 않고 나의 개성을 찾을 기회가 찾아왔다고 생각해야지.

웹툰 수업을 마치고 친구를 만났다. 검색해서 찾아간 식당들은 예약이 필요하거나, 그도 아니면 자리가 없었다. 이번에도 미션이 생긴 것이다.

번화가에서 조용한 맛집 찾기

강남도 그렇고 홍대도 그렇고 성수도 마찬가지다. 애써 멀리까지 나왔으면서도 조용하고 편안한 식당에 가고 싶다. 그런 곳은 찾기 어려우니 미리 찾아보고 계획해서 멋진 곳을 예약하는 게 맞을 테다. 리뷰와 별점이 이토록 풍부한 시대에 말이다. 물론 그럴 수 있다면 좋겠지만 이번에도 난 '번화가에서 조용한 맛집 찾기'에 도전했다. 영화의 결말을 모르고 싶은 것처럼 식당의 음식도 가보기 전에는 모르고 싶다. 당연히 맛있는 음식을 먹고 싶지만, 대부분 충분히 맛있다. 친구와 나는 여행 삼아 골목을 거닐다가 한적한 피자집을 찾았다. 그러고 충격적으로 맛있어서 새삼 주위를 둘러보았다.

아니, 왜, 사람이 없는 거지?

모차렐라, 크림치즈, 고르곤졸라, 마스카포네, 체다, 그라나 파다노 여섯 가지 치즈가 올라간 짭짜름하고 달콤한 피자였다. 쾌적한 가게 덕분에 음식만 잘 먹은 게 아니라 근황 이야기도 오래 나눌 수 있었다. 웹툰 수업을 마친 후에도 이 피자를 먹으러 성수동에 몇 번이나 다시 갔다. 나의 번화가에서 조용한 맛집 찾기는 앞으로도 계속될 것이다.

여름내 시원한 강의실에서 웹툰을 그렸다. 너무 시원해서 나는 여름 외투를 꺼내 입어야 했다. '인스타툰'을 하는 데 있어서 가장 중요한 것은 성실한 업로드라고 한다. 열심히 그리면 팔로워도 많아질 수 있다. 폰트 저작권 같은 것도 주의해야 한다.

나의 웹툰 작가 활동명은 '잎파랑이'로 정했다. 너무 심심할 때 사전 앱을 켜고 읽다가 찾은 단어다. 엽록소의 순우리말인데 좋아하는 단어가 되었다. '시 쓴 사람'이라는 제목으로 시를 쓰는 과정에서 있었던 일들을 웹툰으로 남기기로 했다.

"시도 쓰고 에세이도 쓰고 다른 것도 많이 하는 게 특이해요."

어느 출판사 편집자의 말이었다. 내 주변에 시 쓰는 사람들은 대부분 다양한 글을 쓰는 것 같은데, 책을 만드는 사람이 보기에 그렇다니 여러 가지 글을 쓰는 작가가 그렇게 많지는 않은가 보다.

보통 시집을 읽을 때 작품을 여러 번 읽는데, 페소아 시집 《시는 내가 홀로 있는 방식》(김한민 옮김, 민음사, 2018)은 예외다. 작품 해설을 여러 번 읽었다. 시보다 시인의 삶이 더 흥미로웠다. 불과 스무 살에 어떤 언어 정체성으로 시를 쓸지 고민했던 점(그는 포르투갈어와 영어로 시를 썼다), 무역 회사의 해외 통신원으로 생계를 이어 간 점 등. 놀라운 사실이 너무나 많지만 그중 하나만 꼽으라고 한다면 130여 개의 다른 이름, 즉 이명異名을 쓰며 수많은 정체성이 담긴 작품을 남긴 이력을 이야기해야 할 것이다. 페소아는 이명의 자신에게 편지를 쓴다. '알베르투 카에이루'라는 이름으로 가장 목가적 시를 쓰는 체험이란 어떤 것이었을까? 요즘 방송인들이 많이 하는 '부캐' 세계관과 닮아 보이기도 한다. 생소한 이름을 붙이고 평소의 자신에게서 얼마나 멀어질 수 있는지를 보는 일. 나답다는 관념을 넘어서 더 나다워지는 순간.

꼭 시를 쓰는 일에 대해서가 아니더라도 자신에게 다른 이름을 부여하는 것은 일상의 관성을 넘어서는 힘을 얻기 위한 좋은 시도가 될 것이다.

웹툰 배우는 사람 잎파랑이로서 성수동을 걸었다. 나는 이제 컨트롤 키를 이용해서 그림을 복사하는 방법을 안다. 자주 쓰는 색을 추출할 줄도 알고, 콘티를 짜지 않으면 어쩐지 컷마다 얼굴만 가득하게 된다는 것도 배웠다. 한 장면을 그려봤더니 완전 웃기는 다음 장면이 그려졌고, 그건 시에서 문장이 문장을 이끌어갈 때의 재미와 비슷했다. 스트레스가 별 가루처럼 녹았고 중력이 10퍼센트 감소한 것처럼 몸이 가벼워졌다. 내가 얼마만큼 시인이고, 얼마만큼 웹툰 작가가 될 수 있는지는 모르겠지만 계속 그림을 그리고 싶다.

소리를 청소하기

울산 북구 산하동

소리를 청소하는 사람이 있다. 소리의 청소라…….
머릿속에 소리 요정들이 나타난다. 하나는 먼지떨이를,
하나는 스팀 청소기를 들고 있다. 소리 입자는 맑고 투명
해지고 소리의 파장은 반들반들 빛이 난다.

소리의 청소라는 건 모든 사물이 자신의 소리를 오
롯하게 낼 수 있도록 애쓰는 일일 수도 있겠다. 우리 동
네에는 브레이크를 밟을 때마다 핑음을 내는 마을버스
가 다닌다. 대체 언제 기름칠을 할지 궁금하다. 버스의
모든 부품이 기대에 맞는 소리를 내도록 점검하는 엔지
니어도 소리 청소부로 볼 수 있을 것이다. 그렇다면 그도
요정이 아닐까?

나에게 소리를 청소하는 사람은 음악가 에릭 사티이
다. 그의 저서 《사티 에릭 사티》(박윤신 옮김, 미행, 2022)
에는 사티가 음의 무게를 검토하는 장면이 나온다.

평범하고도 매우 보편적인 F#의 무게는 음 계량기로
93킬로그램이었다.

이런 문장을 만날 때 소름이 돋는다. 낯선 영역의 사

람들이 미지의 특별한 작업에 몰두하는 순간을 몇 줄의 문장으로 전해 들을 수 있다니. 음을 어떻게 재는지 모르고 측정 단위가 무엇을 의미하는지도 알 수 없지만, 각각의 음을 사람 한 명의 무게로 상상해본다. 주변 소리가 다르게 들린다. 악기를 조율하는 듯한 내용의 짧은 글을 읽고 나니 뚜껑이 열린 피아노 앞에서 같은 학원에 다니던 친구와 나눈 대화가 떠오른다. 친구가 영창 피아노와 삼익 피아노 중에 어떤 소리가 나은지 물어보았다. 하나는 편안하고 하나는 차가워서 고르는 것이 괴롭다고 했다. 우리는 어렸지만 진지했다. 아무튼, 에릭 사티는 음의 측정을 너무 좋아했고, 덕분에 그 많은 곡을 쓸 수 있었다고 한다.

소리 이야기를 하는 것은 '강동해변'을 소개하기 위해서이다. 강동해변은 울산에 있는 몽돌해변이다. 도시의 소음에 지친 나의 귓가에 파도의 아름다운 소리를 들려준 곳이다.

"돌멩이들 사이로 빠져나가는 파도 소리, 정말 듣기 좋지 않아?"

동행한 이소연 시인이 황홀한 표정으로 말했다. 그

제야 나는 얼마나 아름다운 바다에 와 있는지 실감했다. 보드라운 모래사장에 비해 몽돌해변은 별로 안 좋아한다고 생각했는데, 바닷가에도 음악이나 시처럼 장르가 있었다. 몽돌해변만의 매력을 비로소 이해했다.

…그런데(그리고 내가 너무 반복하는 것은 아닌지 모르겠으나)… 예술에는 진리가 없다는 사실입니다… 베토벤 앞에서… 바흐는 진리가 아니지요… 쇼팽에게는 라모의 음악이 진리가 될 수 없어요… 영생이 그들을 한자리에 집합시켰고, 융합시켰으며, 연합했지요….

그들은 모두 진리 안에 있어요… 같은 이유로… 같은 등급에….

-《사티 에릭 사티》, 131쪽.

말줄임표가 가득한 사티의 글이 파도 소리와 너무 잘 어울리는 것 같다. 소리를 기록하는 걸 좋아하는 사람은 문장도 다르게 쓰는 것일까? 나도 파도 소리를 문장으로 형상한 시를 써보고 싶다. 그래서… 내가 하고 싶은 이야기는… 울산 북구 산하동에… 두 번이나… 다녀온 이야기다….

울산에서 문학 행사가 있었다. 거리 두기가 길었던 시기였다. 혼자 갈 자신이 없었는데 이소연 시인이 동행해주었다. 체온 측정기를 여러 번 통과한 후 기차를 탈 수 있었다. 음식물 섭취와 대화는 금지였다. 전염병이 준 이 모든 긴장은 시 모임에서 만난 분들의 환대로 잊혔다. 미리 시집을 읽고 오신 분들이 궁금한 것들을 구체적으로 물어봐주었고, 마음이 머물렀던 문장을 한 줄 한 줄 들려주었다.

시 모임을 무사히 마치고 숙소로 이동했다. 모임 이후 우리의 일정은 단 하나, 바다를 보는 것이었다. 우리는 이번 일정을 짜면서 "그냥 바다 보고 싶은데?" 정도의 대화만 나눴다. 울산의 가볼 만한 명소나 맛집은 검색하지 않았다. 숙소에 짐을 맡기고 산책을 나섰다. 살짝 언덕진 길을 우산을 쓰고 걸었다.

"뭔가, 수학 학원이 많아."

한가롭게 마을 사람들의 삶을 그려보았다. 다리가 아파 숙소로 방향을 돌렸을 때 이소연 시인이 강력하게 말했다. "저기다!" 어떻게 이소연 시인은 겉모습만 흘

꿋 보고 그토록 많은 것을 읽어낼 수 있는지……. '카페소소'는 책도 파는 카페였다. 통유리 밖으로 바다가 보였고, 마을의 지붕과 어우러진 풍경이 근사했다. 사장님의 정성이 잔뜩 담긴 커피는 정말 맛있었다. 한잔의 커피에 작고 깊은 휴식이 존재했다. 책 진열대에 나의 시가 한 편 수록된 《내일 아침에는 정말 괜찮을 거예요》(시요일 엮음, 미디어 창비, 2021)가 보였고, 자연스럽게 사장님과 인사를 나누게 되었다.

이 즐거운 인연을 뭐라고 설명해야 할지? 처음 보는 친한 친구? 여행길에 우연히 발견한 보물 상자? 우리는 너무 잘 맞았다. 문학을 사랑하는 책방 사장님과 책방을 사랑하는 시인들의 만남이 신나는 건 당연한 일이다. 만약 가까운 곳에 있었다면 매일같이 찾아갔겠지. 만약 울산에 보름 살기라도 갈 수 있다면 창밖의 풍경을 담은 책을 한 권 쓸 수도 있겠지. 카페소소는 저녁 시간에 문을 닫는데 우리는 아쉬운 마음에 몇 번이나 마감까지 남은 시간을 확인했고, 결국 다음 날 오전에 또 갔다.

우리는 이듬해 울산 문학 행사에 다시 가게 되었고 당연히 카페소소에도 들르기로 했다. 설레는 마음에 가는 날짜를 미리 알렸는데, 그사이 이소연 시인의 시집 출간을 기념하는 북토크를 준비해주었다. 사장님이 직접 제작한 현수막은 눈물이 고일 만큼 정다웠다. 밤이 깊어질 때까지 이어진 북토크에서 이소연 시인은 진솔한 이야기들을 꺼내며 볼이 살짝 붉어지기도 했다.

숙소에 돌아와 실없는 소리를 하며 쉬고 있었다. 이소연 시인이 이런 재미있는 이야기는 꼭 팟캐스트에서 들려주고 싶다며 갑자기 녹음기를 켰다. 그때 녹음된 내용이다. 나는 왜 시간이 지나도 '스타일러'가 멈추지 않느냐며 궁금해한다. 아래층에서 사용하고 있는 건가, 하며 중얼댔다. 이소연 시인은 이런 궁금증을 반드시 해결해주고야 마는 성격이다. 포항 출신인 그는 이것은 스타일러가 아닌 바다의 소리라고 알려준다. 방송에 남기기 위해 창문까지 열고 파도의 소리를 담았다.

"아, 이게 바다의 소리구나. 엄청 크다."

소리의 오해를 풀자, 마음이 더 트이고 시원해졌다.

도서관에서 《사티 에릭 사티》를 발견하고 무심히 펼쳐봤을 때, 마침 그가 '셰익스피어 앤드 컴퍼니 북스토어 Shakespeare and Company Bookstore'라는 유명한 책방의 오래된 단

골이었다는 내용이 나왔다. 어찌나 사랑이 가득한 글이었는지! 누구나 들으면 아는 곡 〈짐노페디〉를 작곡한 사티는 '가구 음악'의 창시자이다. 그는 청중에게 "음악을 듣지 말고 하던 일을 계속하라"고 말했다.

사실 《사티 에릭 사티》는 수많은 동료 혹은 비평가와의 갈등과 그들을 향한 불평으로 가득하다. 이런 글도 하나의 청소하는 소리라고 하고 싶다. 멈추지 않는 파도처럼 타인의 고정 관념에 매몰되지 않도록 자신의 시선과 신념을 지키기 위한 노력. 나도 지치지 않고 청소를 계속할 생각이다. 나의 작은 목소리가 좀더 맑게 들릴 수 있도록.

어마어마한 웃음의 섬

서울 영등포구 여의도동

나는 심각한 팟캐스트 중독자다. 하루에 다섯 개 이상의 방송을 들을뿐더러, 들었던 것도 마흔일곱 번 정도 다시 들으니, 중독자라고 할 수밖에. 중학교 때는 라디오 중독자였다. 매일같이 방송국으로 손 편지를 보냈다. 받는 사람 칸에는 "서울시 영등포구 여의도동 사서함 ○○ 호 무슨 무슨 방송 담당자 앞" 하고 주소를 외워 썼다. 나는 지치지도 않고 꾸준히 뭔가를 써서 여의도동으로 보냈다. 그 덕분에 작가가 된 것 같다.

방학 때 서울에 놀러 온 나는 사촌 언니와 여의도에 놀러 갔다. 언니가 서울에 산다고는 해도 우리는 어렸고, 대중교통은 어려웠다. 언니가 열심히 알아본 덕분에 한성대입구역에서 출발해 여의도에 무사히 도착했다. 그런데 가는 방법까지만 알아보고 돌아오는 방법은 알아보지 않은 것이다. 해가 지기 시작할 때야 그 사실을 깨달았고 우리는 웃음을 터트렸다.

여의도에는 자전거를 탈 수 있는 광장이 있었다. 자전거를 한 바퀴 타기도 전에 언니가 반대편에서 오는 자전거와 부딪히는 바람에 그만 타고 싶다고 했다. 그러니 더는 할 게 없었다. 그래도 즐거웠다. 방송국 앞을 지나

가봤다. 연예인 한 명 나타나지 않는데도 완전 설렜고 조금 허무했다. 마땅히 할 일도 없고 해서 밤을 밝히는 여의도의 빵집에 가봤다. 평범한 가게인데 너무나 쨍한 기억으로 남아 있다. 나는 이후로도 몇 번이나 그 빵집을 다시 가고 싶어 했다.

언니는 공중전화로 사촌 오빠에게 집으로 돌아가는 길을 물어봤다. 대체 무슨 생각으로 돌아오는 방법도 모르면서 어쩌고저쩌고……. 그렇게 혼이 난 다음에 버스 번호를 들을 수 있었다. 그런데 잠깐, 어느 버스 정거장에서?

우리는 빵집 앞에서 버스를 기다렸다. 그런데 버스가 40미터 정도 떨어진 정거장에 멈추는 것이 아닌가? 우리는 그쪽으로 자리를 옮겨 다시 버스를 기다렸다. 이번에는 버스가 빵집 앞 정거장에서 멈추더니 우리 앞은 그냥 지나쳤다. 우리는 다시 빵집 앞으로 갔다. 그러자 같은 일이 일어났다. 우리는 두 정거장 사이로 갔다. 그리고 버스가 움직이는 것에 맞춰 뛰자고 했다. 코너에서 버스가 모습을 보였고, 우리는 겨울 찬바람을 뚫고 버스 기사님 보란 듯이 질주했다. 그런데 그런 나를 두고 버스는 그냥 갔다.

"와, 서울 인심 사납네!"

나는 마치 버림받은 사람처럼 거리에 쓰러졌다. 이상하게도 웃음이 멈추지를 않았다.

"아이고, 사람이 이 정도 뛰면 인간적으로 좀 태워줘야지……."

숨이 차서인지 하도 웃어서인지 허리가 끊어질 듯 아팠다. 아마 내 평생 가장 많이 웃은 날일 것이다.

지금은 지도 앱을 이용하니 이런 불편을 겪을 일이 별로 없다. 불편 속에는 때로 어마어마한 웃음이 들어 있다는 것을 잊어버렸다. 아참, 우리는 결국 빵집 앞에 가만히 기다려 버스를 탈 수 있었고, 집에 무사히 돌아왔다.

이제는 어엿한 어른이 되었기에 다양한 이유로 여의도에 간다. 그 이유 중의 하나는 성우 시험에 응시한 것이다. 친구 H가 성우 공채 정보를 공유하며 물었다.

"같이 갈래?"

그냥 친구 따라갔다가 붙었다는 수많은 연예인의 인터뷰가 떠올랐다. 성우가 꿈은 아니었지만 도전해보기로 했다. 며칠 동안 진지하게 소리 내어 책을 읽으며 발음을 연습했다. 내가 모르는 사이 국회의사당이라는 역이 생겨 전보다 쉽게 방송국에 도착할 수 있었다. 밖에서 바라보는 게 아닌 용무가 있어 방송국에 입장하다니, 신기할 따름이었다. H는 이력서 작성을 시작하기 전에 심호흡을 한 번 했다. 왜인지 지원 서류를 수기로 작성해야 했다. 나도 기억을 쥐어짜 열심히 칸을 채웠다.

대기실은 복잡했다. 목소리가 비범해서 어디를 가도 "넌 커서 성우 해라"는 말을 들었을 것 같은 사람들로 가득했다. 나는 그런 말을 들은 적이 있었나. 있었던 것 같기도 한데, 많아 봐야 두 번 이상은 아닐 것이다. 심사위원이 오히려 평범한 목소리의 성우를 찾길 바라며 아에이오우, 얼굴 근육을 풀었다.

곧 A4 한 장의 대본을 받았다. 다섯 개 정도의 지문이 들어 있었다. 모두 극단적인 상황에 놓인 특이한 캐릭터의 대사였다. 아⋯⋯? 연기력이 필요하구나. 발음만 연습했네⋯⋯. 이 중에 자신 있는 하나의 대사를 골라 마이크 앞에서 연기해야 했다. 순발력을 보려는지 연습 시간은 길게 주어지지 않았다. 다섯 명의 지원자가 함께 녹음실에 들어갔고, 나는 1번이었다.

"난 누구도 원망하지 않아…… (기침) 이렇게 너의 손을 잡을 수 있다면…… 그래도 내 지난날은 정말 지옥과도 같았지! 끔찍한 사람들! 저길 봐라, 빗방울이 또르르 떨어지는구나. 그래도 너 같은 손주가 있으니 할미는 ……". (대충 이런 내용)

아, 할미였구나. 지금까지 젊은 여성의 목소리로 읽었는데. 내 차례가 끝나고 H가 마이크 앞에 섰다. 친구는 웃음을 참아보려 했지만, 나의 열연과 다소 젊은 할미 목소리에 당황하여 제대로 연기하지 못했다. 어찌나 미안하던지. 결국 우리 둘 다 성우가 되진 못했다. 생경한 채용 공고에 즉흥적으로 지원하는 일은 그 후로 줄어들었다. 즉흥 속에 때로 어마어마한 웃음이 들어 있다는 것을 잊어버렸다. 희한한 도전이 아주 진한 추억을 남긴다는 것을 잊어버렸다.

또 다른 이유로도 여의도에 갔었다. 이를테면 희귀한 논문을 구하려면 국회도서관에 가야 했다. '여의도샛강생태공원'은 자전거(따릉이)를 타고 달리는 코스 중에 가장 좋아하는 구역이다. '63아트'에 전시를 보러 가기도 했다. 63아트에는 몇 장의 진한 기억이 있다.

"헬로키티의 키는?"

사과 다섯 개. 헬로키티를 좋아하지는 않지만, 키를 재는 도량형으로 사과를 사용한 작품 앞에서 웃지 않을 수 없었다. 다른 전시에서는,

"맞아, 피카소는 살아 있을 때도 부유했지!"

피카소 생전 부자. 같이 전시를 봤던 동행의 중얼거림도 어쩐지 강렬한 기억으로 남아 있다. 피카소의 생계에 관심을 가져본 적은 없었는데, 피카소와 약간 친해진 기분이었다.

올봄에도 여의도에 갈 수밖에 없었다. 세 가지 행사가 하루에 겹쳤다. 책방 '지구불시착'이 북마켓에 나가는 날인데, 친구네 녹차 가게 '다애찻집'이 아트마켓에 참가한다고 했고, 친한 시인의 북토크까지 열린다는 것이다. 놀랍게도 모두 여의도에서 열렸다. 겸사겸사 반가운 얼굴들을 보고 왔다. 마켓에서 수제 뱅쇼를 한 캔 사 들고 한강 공원에 갔다. 벤치에 앉아 한강을 바라보는데 팻말이 하나 보였다.

여기서부터 낚시 금지

화려한 낚시 장비를 지닌 두어 명의 낚시인들이 굳이 굳이 팻말 바로 옆에서 낚시하고 있었다. 왜일까. 저기가 특별히 잘 잡히는 곳인가? 순찰이라도 나오면 바로 한 걸음 옆으로 옮길 수 있기 때문인가? 아니면 룰에 저항하고 싶은 욕망 같은 것이 작용한 것일까?

나는 되도록 법을 준수하는 사람으로서, 저곳에서 낚시할 일은 없을 것이다. 저 낚시인들은 옳고 그름의 경계 속에 때로 어마어마한 웃음이 들어 있다는 것을 알고 있는 것일까. 시간이 지날수록 더 진해질 추억을 만들고 있는 것일까? 뱅쇼 한 캔을 다 마실 때까지 낚시인들은 물고기를 한 마리도 낚지 못했다. 하지만 그마저 아주 즐거워 보였다.

좋은 것들이 도타워지는

서울 종로구 신문로2가

지인이 '돈의문박물관마을'이라는 곳에 취업했다.

돈의문?

처음 듣는 이름이었다. 근처 영화관 가는 길에 몇 번이나 지나쳤는데도 이런 곳이 있는 줄 몰랐다. 돈의문박물관마을에서는 야외 공연과 플리마켓이 열린다고 한다. 이곳에서 일하게 된 지인의 별명은 '책방 유령'으로, 별명처럼 수많은 책방에 출몰할 뿐 아니라 어느 책방에서나 그곳에 비치된 가구처럼 잘 어우러졌다. 책방 유령 현근 님은 나와 이소연 시인이 진행하는 행사에도 자주 참여하고 영상 편집도 도와주었다. 늘 신세만 졌으니 이번에는 우리가 그의 일터로 가기로 했다.

광화문역에서 나와 한참을 걸어 이 길이 맞나 궁금해질 때쯤 친절하게도 큰 간판이 나타났다. 좁은 골목에 들어서자 얕은 경사의 오르막이 시작되었고 금방 공기가 바뀌었다. 다른 차원에 진입했음을 알려주는 공기. 《이상한 나라의 앨리스》의 토끼처럼, 보였다가 사라지고 보였다가 사라지는 사람들을 따라가니 마을 마당이 나왔다. 행사가 한창 진행 중이었다.

여기…… 대체 뭐지?

우리는 자꾸만 두리번거렸다. 지인을 만나려 겸사겸사 나선 길일 뿐이지만, 자주 걸음을 멈추게 되었다. 눈을 사로잡는 새 건물 '마을안내소'의 오른편에는 아름다운 한옥들이 나란했다. 반대편의 '서울도시건축센터'도 궁금했다. 어느 문을 열어도 새로운 여행이 시작될 것 같은 복고풍의 상점들도 눈길을 끌었다. 언젠가 다시 제대로 보러 오기로 하고 우리는 원래 계획대로 돈의문박물관마을의 작은 축제를 즐겼다.

바이올린 연주를 들으며 공예품을 구경했다. 아이들은 비누 풍선을 불었고 마켓을 배경으로 들려오는 선율은 진지한 공연장에서보다 사뿐했다. 동행한 친구들은 서로에게 선물하고 싶다며 수제 윷놀이, 공기놀이, 처음 보는 전통 놀이 세트를 샀다. 돈의문박물관마을에 다녀온 설렘은 오래갔다. 이후로 유튜브든 텔레비전이든 돈의문이라는 단어만 나오면 귀에 쏙 들어왔다. 한양을 설계한 정도전이 사대문의 이름을 지었는데, 지금은 사라지고 없는 서대문의 이름이 돈의문이었다고 한다. 도시의 이름을 짓는 기분은 어떤 것일까? 돈의문의 돈敦 자는 '도타울 돈'이다.

도탑다?

두텁다와 가까운 것 같으면서도 도톰하다처럼 간지러운 이 단어는 서로의 관계에 사랑이나 인정이 많고 깊다는 뜻이었다. 도타울 수 있는 것들로는 신의, 우애, 정 같은 게 있겠다. 가능하다면 의사소통 능력도 도타워지면 좋겠다. 문장력도, 선물 고르는 센스도, 방 정리 솜씨 같은 것도 도타워지면 좋겠다. 도탑다, 도탑다, 하고 단어를 굴리자 마음이 장갑을 낀 것처럼 따스해졌다. 돈의문이 아직 남아 있었다면 옳고 바름을 도탑게 하려고 자주 지나갔을 텐데.

돈의문은 사라져서 못 지나가지만 그 이름을 간직한 돈의문박물관에 갈 수는 있다. 남편이 심폐소생술을 배우러 서울시교육청에 가야 한다고 했다. 돈의문박물관마을 근처라 나도 따라나섰다.

다시 찾은 돈의문박물관마을은 크리스마스 행사를 마친 후라 조용했다. 산타 모자와 트리 장식이 반짝이는데 지나가는 사람이 없어 오히려 더 연말 분위기가 났다. 마을안내소 정면을 뒤덮으며 펼쳐지는 미디어아트 쇼에 눈길을 사로잡혀 나는 또 앨리스처럼 다른 차원에 들어

온 기분이 들었다.

여긴, 대체 뭘까?

돈의문박물관 마을을 알게 되고 얼마 있지 않아 우연히 루이스 캐럴의 소설을 다시 읽게 됐다. 물약을 먹은 앨리스의 몸이 커다랗게 변했다가 다시 작아지는 것은 알았지만, 기억보다 훨씬 자주 변신해서 놀랐다.

우린 우선 돈가스를 맛있게 먹었고, 돈의문역사관에 들어갔다. 그런데 그냥 돈의문역사관이 아니고 '돈의문역사관 아지오'라는 이름이었다.

아지오?

원래 유럽풍 레스토랑이었던 건물의 형태를 어느 정도 보존한 채 전시관으로 꾸민 것이었다. 아지오는 대학생 때 미팅을 위해 가곤 했던 프랜차이즈 식당이라 서대문의 지난 100년 역사와 나의 추억이 한데 섞이는 듯했다. 한 걸음 한 걸음 옮길 때마다 점점 더 몽환적인 상태로 빠져들었고 나는 정말로 앨리스가 되었다. 눈앞에 미니어처 마을이 나타났기 때문이다. 조그마한 집에 고개를 들이미니 내가 거인이 된 것 같았다. 역사관에서 이어지는 문이 다른 식당 건물의 2층과 연결된다는 점도 동화적인 상상력을 자극했다.

돈의문역사관 2층에는 경희궁이 눈앞에 보이는 창이 하나 있다. 나무 한 그루 한 그루, 나무에 앉았다가 다시 날아가는 새들. 문장으로 옮길 수 없는 고요함이 창밖에 있었다. 이보다 아름다운 풍경을 비추는 창이 세상에 또 있을까? 없을 것 같다. 그렇게 나는 파스타집으로 입장해서 한식집으로 퇴장했다.

이 마을의 독특한 분위기가 어디에서 비롯되는 것인지 알고 싶어 안내 책자를 챙기고 사이트도 살펴봤다. 원래 일대가 뉴타운으로 선정되었고 돈의문 부지에는 근린공원을 조성할 계획이었다. 그러나 서쪽 성문 안 첫 동네, 근현대 서울의 삶을 간직한 동네를 획일적으로 철거할 수는 없었다. 하여 '서울형 도시재생방식'을 택해 기존 건물을 보수하기로 결정한 것이다.

재생. 한참 가까웠다가 멀어진 느낌의 단어이자 피부 탄력을 위한 로션을 쓸 때에나 떠올릴 것 같은 단어다. 돈의문박물관마을에 처음 왔던 날, 사실은 대형병원에서 아빠의 검사 결과를 듣고 오는 길이었다. 다행히 경과는 좋았지만, 몇 주 긴장했었기에 마을 축제에서 잠시 쉴 수 있다는 것에 더없이 고마웠다. 덕분에 일상을 재생할 수 있는 기운을 얻었다.

가까운 미래에 지금 우리 일상의 한 부분을 재생해야 한다면, 그게 무얼까? 요즘은 모든 게 쉽게 버려지는 듯하다. 새로운 것이 쏟아져서 지금 가지고 있는 것들이 채 쓸모를 다하기도 전에 사라져버린다. 돈의문박물관마을에 자리한 것들은 지난 시대를 대표하거나 대단히 놀라운 무언가가 아니다. 그것들은 단지 생활을 담은 물건이다. 한 시절 유행했던 벽시계, 소파, 게임기, 극장 포스터가 말을 건다. 우리가 당신과 함께 여기 있었다고.

〈거울 나라의 앨리스〉에는 앨리스가 붉은 여왕과 함께 달리는 장면이 있다.

"계속 뛰는데, 왜 나무를 벗어나지 못하나요? 내가 살던 나라에서는 이렇게 달리면 벌써 멀리 갔을 텐데."

앨리스가 숨을 헐떡이며 묻자 붉은 여왕은 대답했다.

"여기서는 힘껏 달려야 제자리야. 나무를 벗어나려면 지금보다 두 배는 더 빨리 달려야 해."

거울 나라는 한 사물이 움직이면 다른 사물도 그만큼의 속도로 따라 움직이는 특이한 나라였다. 이 장면은 '붉은 여왕의 달리기'라고 해서 진화론과 경제학에도 영향을 미쳤다고 한다. 두 경우 모두 두 배로 빨리 뛰어야 진화와 발전이 가능하다는 내용에 공감한 듯한데, 오히려 작품은 두 배로 뛰면 두 배로 숨을 헐떡이게 된다는 것을 보여주는 게 아닐까? 힘껏 달려야만 제자리인 세상은 되게 이상하다는 걸 말하는 것 같은데…….

돈의문박물관마을에서 나왔을 때 나는 이제 막 거울 나라에 들어온 건 아닌지 손바닥을 펼치고 양손을 한 번씩 바라보았다.

작은 것들을 그리워하기

서울 마포구 망원동

.

망원동에 갔다. 책방 '스캐터북스'에서 시집 완독회가 있었기 때문이다. 망원동에 산 적이 있어 비교적 그곳을 잘 안다. 그때를 생각하면 세탁해 베란다에 널어놓은 연둣빛 얇은 커튼이 바람에 잘 마르던 풍경이 떠오른다. 다음으로 생각나는 건 성산대교. 한강 쪽으로 날아가던 새를 바라보면 새는 점처럼 작아져서 어느 순간 안 보인다. 새가 안 보일 때까지 보는 버릇은 그때 생겼고, 마치 새가 사라지듯 삶에서 갑자기 사라진 인연에 대한 소설을 쓴 것도 망원동에 살 때였다. 세 번째로는 회전초밥집. 나는 혼자 쓱 들어가서 달랑 두 접시만 먹고 나오곤 했다. 나오면서 읊조렸다. '너무 조금 먹어서 죄송해요…….' 하지만 내게 몹시 맛있는 두 접시였다는 건 꼭 알아주시길.

　　망원역에 일찍 도착해 따릉이를 빌렸다. 우선 망원시장으로 들어가 비건 식당 '다켄씨엘' 앞에 자전거를 세웠다.

　　"혹시 식사권 같은 것을 파나요? 너무 맛있어서 지인에게 선물하고 싶은데요."

　　점원분은 식사권은 없지만 전에 비슷하게 해드린 적

이 있다고, 내가 미리 계산하면 잘 메모해 기억하고 있겠다고 했다. 선결제했다는 메모가 적힌 영수증을 준비해온 봉투에 담아 가방에 넣고 다시 자전거를 탔다. 자주 가던 돈가스집, 과일가게를 눈에 담으며 경쾌하게 페달을 굴렸다.

"저, 이거 선물이에요."

'작업책방 쏨'에서 두 대표님께 영수증이 담긴 봉투를 내밀었다. 책방 유튜브에서 나의 시집《여름 외투》(문학동네, 2023)를 여름 휴가철 읽기 좋은 책으로 추천해주어서 정말 감동했다. 곧이어 '세븐틴' 멤버인 '원우 생일 책방' 행사가 작업책방 쏨에서 있었고, 그때《여름 외투》를 추천 도서로 선정해주어서 나는 다시 한번 놀라고 말았던 것이다. 행사 기간에 나도 살짝 방문해보았다. 팬들의 애정이 가득 담긴 책방에 들어서는 순간 나 또한 오래도록 원우 님의 팬이었던 것처럼 설레기 시작했다. 원우 님이 재미있게 읽었다는 이미예 작가의《달러구트 꿈 백화점》(팩토리나인, 2020)도 샀는데, 원우 님을 웹툰 주인 공처럼 그려 넣은 종이로 책을 포장해 배송해주었다. 이런 멋진 이벤트를 그동안 모르고 살았다니. 작업책방 쏨에 꼭, 나의 고마움을 다정하고 상세하게 전하고 싶었다.

"저, 여기는……."

여기는 제가 가본 식당 중에 가장 맛있는 곳이라고, 같이 식사를 하고 싶었지만 바쁘실 것 같아 이렇게 준비했다고 겨우겨우 감사의 마음을 전한 후 서둘러 책방을 나왔다. 왜냐면 나는 때때로 낯을 가리기 때문이다.

완독회에 가기 전에 계획했던 일을 다 했는데 두 시간 정도가 남았다. 망원동 살 때 다니던 길을 자전거 타고 지나가고 싶었다. 망원동에서 언니와 언니 친구 그리고 오빠 이렇게 넷이 살았다. 이쯤에 이불 가게가 있었는데, 나는 아르바이트해서 모은 돈으로 모두에게 이불 한 채씩을 사준 적이 있다. 정말 뿌듯했다. 아직도 약간은 뿌듯하다. 되게 좋은 이불은 아니었지만 이렇게 그리운 마음만 가득한 게 신기하다. 힘든 일도 많았을 텐데……. 언니 친구가 맨홀에 빠져서 다친 적도 있고, 아무도 없을 때 도둑이 든 것 같아 보안 장치도 사서 달았었다.

나는 그때 도둑맞을 수 있는(?) 물건이 없었다. 책이 많았는데, 도둑이 책도 훔쳐 가는지는 잘 모르겠다. 나는 내 물건이 모두 어디에 있는지 정확히 알았다. 필요한 물건의 수와 가지고 있는 물건의 수가 일치했다. 이사를 오면서 과감하게 버리기도 했고, 고향 부모님 댁에 두고 오기도 했다. 나의 동선과 물건들의 제자리가 꼭 맞아떨어졌다.

아르바이트비를 모아 샀던 바로 그 면 이불 세트 속에서 매일 밤 단정한 마음(이렇게 단정한 나의 방을 갖게 된 건 처음이야)으로 잠을 청했다. 그 방에는 작은 옷장이 하나 있었다. 옷뿐만 아니라 이불 세트를 잘 개어 수납할 수 있는 옷장이었다. 그리고 커다란 책장이 있었다. 책장 아래 오른편은 화장대로 사용했다. 파란 통의 페이셜크림은 사촌 언니가 안 쓴다고 준 것이었다. 그 파란 크림 통은 마치 내가 지닌 물건이 모두 잘 쓰이고 있다는 상징 같았다. 그 기분은 생각보다 훨씬 좋은 것이었다. 책장 옆 플라스틱 3단 수납함이 있었고, 그 위에 어딘가가 고장 난 금색 오디오 세트를 두었다. 라디오도 나오고 해서 잘 사용했다. 항상 정돈된 책상과 의자에서 매일 책도 많이 읽고 글도 많이 쓰고 편지도 많이 썼다.

왜 이런 것이 기억나는 걸까. 성산대교를 보며 쓴 소설, 이불 가게, 줄리아 크레스테바의 책을 읽고 쓴 편지

……. 왜 이런 순서로 기억이 나고, 왜 이런 평범한 것들을 적는 것만으로 기분이 좋아지는 걸까. 며칠 전 넷플릭스에서 영화 〈이터널 선샤인〉을 봤다. 주인공은 사랑의 기억을 삭제하는 시술을 받는다. 기억을 삭제하는 내용의 영화를 보면서, 내가 이 영화의 대부분을 기억하지 못한다는 게 아이러니했다. 기억하지 못하니까 다시 재미있게 볼 수 있었지만.

헤어지는 고통의 크기를 생각하면 웬만하면 사랑에 빠지지 않는 것이 나아 보인다. 악의 없이 그저 다르다는 이유로 서로를 괴롭게 하고, 누구에게도 하지 않을 아픈 말을 하고, 화해하려고 찾아갔더니 다른 사람과 키스하고 있다니. 사랑의 기억을 삭제해서라도 그 고통에서 벗어나고 싶을 만하다. '다들 무슨 배짱으로 사랑 같은 것에 빠지는 거야…….' 혼잣말이 절로 나왔다. 사람들은 참 용감한 것 같다.

영화는 삭제 대상인 사랑의 기억 여럿을 임의로 보여준다. 망원동에 살던 시절도 영화처럼 부분부분 회상해보았다. 그때 내가 일상을 유지하면서 중요하게 여겼던 많은 일이 있었을 것이다. 걱정하고, 슬퍼하고, 노력하고……. 그런데 왜 커튼을 세탁한 날이 가장 먼저 생각 난단 말인가?

다른 추억도 있다. 망원동 집에서 키우던 개가 새끼를 여러 마리 낳았다. 그중에 한 마리가 약하게 태어났는지 몸을 계속 떨었다. 보일러를 높게 틀어도, 이불을 덮어주어도 소용없었다. 병원에 가봤지만 해줄 수 있는 게 없다고 했다. 밤은 깊어가고, 나는 여전히 떨고 있는 작은 강아지를 내 방에 데리고 왔다. 마치 목도리라도 하는 것처럼 강아지를 목에 올려놓고 누웠다. 내 목을 만져보니 따뜻해서 강아지도 따뜻해할 것 같았다. 에휴, 모르겠다 하는 심정이었다. 그런데 얼마 후에 강아지가 떠는 것을 멈췄다. 새근새근 잠들었다. 영화 속 시술을 받을 일은 없겠지만 그렇다 하더라도 이날의 기억만은 절대 삭제하고 싶지 않다.

완독회까지 시간이 많이 남았다. 문득 카톡으로 선물 받은 '노티드 도넛' 상품권이 기억났다. 우리 동네에는 없어서 사용하지 못했다. 스캐터북스 대표님께 도넛을 선물해 드리기 위해 홍대입구역까지 자전거로 다녀왔다. 많은 것이 그대로고 많은 것이 변했다. 망원동에 적응하려고 새로 익히던 버스 노선, 자주 갔던 피시방, 그 옆에 우동 가게 모두 생생하게 떠올랐다. 평소에는 길치에 가까운 편이지만 망원동에서는 길을 잃지 않을 자신이 있다. 이대로 쭉 가면 그때 그 집으로 돌아갈 수 있을 것 같다. 그렇게 오래 살지도 않았는데 아직도 여기 사는 듯한 이상한 기분, 이 기분이 싫지 않다.

자전거를 반납하고 스캐터북스에 도착했다. 먼저 와 있던 친구의 말로는 행사에 정말 세심하게 신경을 써주었다고 한다. 낭독하는 데 선풍기가 방해되지는 않을지, 조명이 시를 읽기에 충분히 밝은지, 의자와 의자 간격은 괜찮은지 등등 정성껏 배치했다고. 귀한 걸음 해준 분들을 위해 시집 한 권을 열심히 낭독했다. 함께한 사람들에게는 오늘이 어떤 기억으로 남을까? 시를 읽으면서, 오늘의 수많은 기억 조각 중에 가장 먼저 떠오르는 장면은 무엇이 될지 궁금했다.

그래서 그랬을까

경북 문경시 모전동

지브리 애니매이션을 보고 있다. 넷플릭스에 많이 있기 때문이다. 대표작은 어느 정도 이미 봤다고 생각했는데, 완전한 착각이었다. 〈이웃집 토토로〉, 〈센과 치히로의 행방불명〉만 있는 줄 알았더니 그동안 많이도 만들었네. 작품을 연달아 보니 지브리의 특징 같은 것을 발견하게 되었다. 별로 대단한 건 아니다. 예를 들면 운전을 엄청 험하게 한다는 것이다. 굳이 저렇게 해야 하나 싶을 정도로 차를 빠르게 몬다.

"지브리는 꼭 그러더라. 지난번에 본 것도 벼랑에 오르면서도 무섭도록 과속했었잖아."

꼬마 관람객들이 차가 나올 때마다 몹시 긴장한다고 한다. 이번 작품에서도 그럴까? 나는 괴상한 기대를 하며 차가 나오는 장면을 기다린다. 가장 최근에는 〈귀를 기울이면〉이라는 작품을 봤다. 차들이 2차선을 과속하며 지나갈 때 하필 무단횡단하는 주인공이 나왔다 "이번에도 찾았다!" 이게 좋아할 일인지는 모르겠지만.

모든 지브리 작품이 그런 건 아니지만 대부분 주인공은 여자이고 약간 특별한 존재다. 주인공은 한심한 인간들의 욕심 때문에 위기에 빠지는 세계를 구한다. 의식주는 유럽풍이다. 지브리에 대해 본격적으로 얘기하려는 건 아니었는데, 당신도 그렇게 보지 않았나요? 하는 기분으로 약간 떠들고 싶었다. 나는 여성의 삶을 주목하고, 현실 반영 같은 건 과감히 무시하고, 그저 한 자아가 실현되는 이야기를 들을 수 있다면 정말 좋겠다, 하고 간절히 바라며 살아왔다. 그런데 누군가 그 작업을 꾸준히 하고 있었다. 지브리가 어떤 회사인지 자세히는 모르지만 감격스럽다. 그나저나 원래 하려고 했던 이야기는……

〈귀를 기울이면〉은 2007년 국내 개봉된 작품으로 중학교 3학년 여자아이가 주인공이다. 마침 영화 팟캐스트를 진행하는 친구 은진이 방송에서 다룬다고 해서 보게 되었다. 왜 많은 지브리 작품 중에 이 영화를 골랐을까?

이야기를 이기는 아이. 이야기가 되지 않고 이야기를 써나가는 아이. 좋아하는 남자아이의 영향을 받긴 하지만, 자신을 잃어버리지 않고 오히려 자신을 더 열심히 찾아가는 아이! 소중한 작품이었다. 내가 속한 이 세상에 이런 이야기가 만들어졌으며 실재하고 있었다니.

영화를 보고 나니 학창 시절이 생각났다. 나처럼 눈코입이 단순하고 책을 많이 읽는 인물이 주인공인 영화를 봤더니, 이제껏 사소하다고 생각해왔던 것들이 새삼 중요하게 여겨졌다. 내가 나고 자란 곳은 문경시이다. 본래 '점촌시'였는데 너무 작다고 옆 마을인 문경읍과 통합되어버렸다. 하지만 문경과 점촌은 명백히 떨어져 있는 마을이기 때문에 버스 터미널은 점촌이라는 이름을 지키고 있다. 아무리 작다고 해도 적어도 나에게 점촌은 커다랗고 구체적인 세계였다. 그때만 해도 근처에 학교가 많았는데, 그중 내가 다닌 초등학교는 학년마다 열한 개 반까지 있을 정도로 큰 학교라서, 조회가 끝나면 교실로 돌아가기 위해 운동장을 뱅뱅 돌며 시간을 보내야 했다. 고등학교 땐 같은 지역의 인문계인 점촌고등학교에 입학했다. 어째서인지 매년 전국 평가 100위 안에 이름이 올라가는 학교였다. 이 모든 학교가 서로 이렇게 가까웠다니……. 지금 지도를 보면 놀라울 정도로 작은 점촌이지만 당시 학생에게는 훌륭한 인프라를 갖춘 도시였다. 그때만 해도 지방 소외가 지금처럼 심각해지기 전이어서인지 모르겠다. 내가 워낙 뭐든 다 좋다고 하는 성격이라서 안 믿어줄 수 있는데 진짜다. 그래서 학창 시절의 나는 학생다운 일들을 감당하느라 하루하루 바빴다.

점촌은 분지다. 마을이 산으로 둘러싸여 있다. 대구랑 비슷하다고 하면 설명이 쉬울까? 더울 때 정말 덥다. 점촌고등학교가 산에 지어진 것도 아마 분지라서였을 것이다. 매일 등산하듯 등교했다. 산에 살아본 적 있는가? 봄이면 축제도 아닌데 매일 벚꽃이 눈부시게 흩날린다. 때때로 사슴이 목격된다. 창문을 열면 정신이 아득해지도록 아카시아 향기가 나고 알 수 없는 새소리가 들려온다. 까만 밤 창문에 붙은 나방은 손바닥만큼 커서, 나방이란 곤충이 아닌 조류일지 모른다며 의심한다. 점심을 먹고 약수터를 산책하다 뱀, 그것도 확실한 독사를 보고 산길을 뛰어 내려올 때도 있다. 그럴 때면 인간은 누구에게나 축지법이라는 능력이 있으며 그것을 발휘할 일이 없어 그간 모르고 살아왔다는 사실을 깨닫게 된다. 산에 '살았다'고 표현한 이유는 아침 8시에 수업을 시작해 밤 12시에 마쳤기 때문이다. 주말에도 학교에서 공부했다. 산에 살면 야간자율학습을 땡땡이치는 모습도 조금 다르다. 어둠이 내린 등산로, 아니 학교 진입로를 살금살금 내려가다가 호랑이 선생님이 차를 몰고 올라오는 것을 보고 갑자기 도로 옆 밭도랑으로 몸을 던져

숨은 친구가 있었다. 인간은 누구에게나 낙법이라는 능력이 있다.

하루는 입시 공부에 지친 친구들이 일탈을 제안했다. 정말 지겹다고, 정말 놀고 싶다고. 몇몇이 모여들었다.

"계획이 뭔데?"

누군가 산길을 이용하여 학교, 아니 산을 빠져나가는 루트를 제시했고 일곱 명 정도의 친구들이 가방을 멨다. 나도 비장한 마음으로 따라나섰다. 그리고 평행우주에서 나타난 듯 이해할 수 없이 이어지는 험준한 길로 들어서 생고생을 하여 산을 넘었다. 누구에게도 발각되지 않는 길을 골랐기 때문이었다. 길이라기보다는 그냥 나무와 나무 사이? 어떤 구간은 너무 좁고 가팔라서 가방을 바닥에 놓고 뛰어내려야 했다.

"이게 무슨 갑작스러운 훈련이지? 선생님한테 걸려서 벌을 받았어도 이것보다 힘들진 않았을 거야."

해발고도 237.3미터인 매봉산은 점촌의 정다운 하이킹 코스로서, 학교에서 탈출하려고 하는 사람이 아니라면 누구에게나 추천하고 싶은 산이다.

산에 살아서 고생도 했지만, 집에 갈 때 보는 밤하늘

은 역시 좋았다. 달을 문장으로 옮기고 싶었다. 친구에게 달이 진짜 아름답다고 말하고 싶었다. 뭐라고 해야 해? 저 맑은 하늘에 하얀 달. 저 쨍함을 무슨 단어로 표현할 수 있지? 깨질 것 같다? 악, 부족해. 언어로는 도저히 표현할 수 없어……. 그때 느낀 엄청난 좌절감이 아직도 생생하다.

매봉산 아래 평지에는 중학교가 하나 있다. 문경여자중학교, 내가 다닌 학교다. 〈귀를 기울이면〉에서처럼 방학 내내 소설을 썼다. 국어 선생님이 원고지 50매 소설 쓰기를 숙제로 내주었기 때문이다. 소설이 뭐지? 막상 쓰려고 하니까 무엇을 소설이라고 하는지 알 수 없었다. 보통 이야기가 아니고 굉장히 신기한 이야기를 말하는 것 같다는 결론을 내리고 쓰기 시작했다. 소설을 처음으로 완성하고 나서 나는 펑펑 울었다. 보름 정도 심하게 울었던 것 같다. 줄거리는 몹시 유치한데 아래와 같다.

깊은 산속 오두막에 아버지와 딸이 살고 있었다. 어떤 남자가 크게 다쳐서 구해준다. 남자는 자신이 왜 여기까지 오게 되었는지 기억하지 못한다. 그들은 시간이 지나면서 좋은 친구가 된다. 그러던 어느 날 경찰인지 뭔지 정체를 알 수 없는 사람들이 그 남자를 잡으러 오고, 남자는 숲으로 도망친다. 사고로 아버지와 딸은 죽게 된다. 남자는 살아남았지만 또 기억을 잃는 바람에 아버지와 딸과의 시간을 그만 잊어버린다. 남자가 자신을 살려준 두 사람을 기억하지 못하게 된다는 사실이 너무 슬퍼서 나는 수건으로 얼굴을 감싸고 울었다.

그래서 그랬나 보다.

요즘 많이 드는 생각이다. 과거의 내가 왜 그랬는지 이상하게 여겨지던 것들이 퍼즐 조각을 맞추듯이 이해되곤 한다. 그땐 나 자신이 정말 이상하다고 생각했는데, 글 쓰는 일을 하려고 그랬나 보다. 뭔가 쓰면 펑펑 울게 된다는 걸 알았을 때 쓰는 일의 매력에 빠져버렸는지 모른다.

"오늘 너무 많이 떠들었어!"

점심을 먹고 실컷 재밌게 이야기를 나누다 말고 친구들이 짜증을 냈다. 모두가 학업에 진지해질 때도 뭔가 나만 계속 재미있는 이야기를 하고 싶어 하는 것 같아 꽤 미안하고 조금 외로웠다. 흥미로운 이야기를 계속 만들고 써야 하는 지금은 이런 나라서 다행이란 생각이다.

지난겨울에는 이소연 시인이 점촌중학교에 특강을 가게 됐다. 거긴 친오빠가 다닌 학교다. 공교롭고 반갑기도 해서 나도 동행했다. 눈이 펑펑 오는 길을 친구 진의 차를 타고 잘 다녀왔다. 지브리 영화와 달리 조심조심 운전해주었다.

　　특강을 무사히 마친 이소연 시인에게 내가 다닌 학교도 알려주었다. 서울에 올라가기 위해 문경새재 쪽으로 가는 길, 차창 밖으로 산들이 살아 숨 쉬는 거대한 공룡처럼 지나가고 있었다. 내가 저런 곳에서 자랐구나. 그래서 그랬구나. 눈이 많이 온 후 깨끗하게 쌓인 눈처럼 여러 가지 퍼즐 조각들이 맞춰지고 있었다.

미래를 이미 시작한 동네

경기 광명시 광명동

고등학교 특강 섭외를 받았다. 평소 동경하던 L 시인과 처음으로 통화를 하는 터라 긴장한 나머지 묻지도 따지지도 않고 "가능합니다"라고만 대답했다. 찬찬히 살펴보니 학교는 광명에 있었고, 사흘 연속 찾아가는 일정이었다. 나는 일찌감치 광명 중심의 생활을 설계했다. 보잘 것없는 체력에 멀미까지 심하기 때문이다. 숙소를 알아보기 시작하자 마치 휴가 일정을 짜는 것처럼 신이 났다. 낯선 곳에서 혼자 지내며 작품을 쏟아내는 모습, 상상만으로 멋이라는 게 폭발했다. 하지만 기침감기에 걸려버렸다. 태어나서 처음 겪는 증세였는데, 앉아 있을 땐 괜찮았지만 누우면 멋 대신 기침이 폭발했다. 낯선 곳에서 밤새워 기침하는 건 무서우니까 그냥 집에서 다니기로 했다. 사실 광명은 내가 사는 서울 노원에서 그리 멀지 않다. 7호선을 타고 70분 가면 된다. 끝에서 끝으로 가는 거라 앉아서 오갈 수 있다. 광명사거리역에서 버스를 타고, 버스에서 내려 타박타박 걸으면 어느새 학교에 도착이다.

약속 시간 두 시간 전에 광명사거리역에 도착했다. 만에 하나 내가 찾아간 곳이 동명의 다른 학교라든가 버스가 고장 난다든가 하는 상황에 대비해 일찍 나선 것이다. 쓰고 보니 내가 걱정이 좀 많은 성격 같아 보여서 다시 쓰겠다. 느긋하게 도착해서 주변을 둘러보는 것을 좋아해 일찍 나선 것이다. 광명사거리역에는 '읽을마음'이라는 책방이 있었다. 나와 같은 날 태어난 작가의 책을 만날 수 있는 '생일 책 전문서점'이었다. 과연 어떤 책이 내 생일의 책일지 기대되었다. 문을 열기 전에 도착해 우선 밖에서 구경만 했다. 책을 사기에는 가방이 무겁기도 했다. 학생들에게 소개해줄 책들도 많았고, PPT 파일이 학교 컴퓨터에서 열리지 않을까 봐 노트북도 가지고 왔기 때문이었다. 쓰고 보니 내가 걱정이 좀 많은 성격 같아 보이는데, 걱정이 많은 성격이 맞다. 받아들이니 편하다.

광명도서관으로 향했다. 지도 앱에서 도서관 내 카페가 있다고 알려줬기 때문이다. 오르막길을 걸어가는데 필로티가 높은 건물이 많아서 신기했다. 벽돌 빌라 건물이며 상가 건물이며 천장이 높아 시원해 보였다. 거기에 광명도서관은 과연 게임의 끝판왕처럼 엄청나게 높은 필로티가 있는 웅장한 건물이었다.

1층 한쪽에 미니어처로 만든 광명시가 보였다. '광명

8경' 버튼을 누르자 빨간빛이 들어왔다. 도서관 바로 옆에 있는 도덕산 정상에도 불이 켜졌다. 광명 8경이라는 네 글자가 '광명동'에 대해 쓰고 싶은 내 마음의 불도 같이 켰다. 5층에 있는 카페 테이블에 자리를 잡고서는 눈앞 전경에 말을 잃었다. 웬만한 전망대를 무색하게 만드는 도서관 카페 전망이었다. 사람이 얼마나 멀리까지 볼 수 있는지 새삼 놀라며 시선을 최대한 멀리 던지고 또 던져보았다.

'도시락 코너'라는 구역의 공용 냉장고가 눈에 띄었다. CCTV의 관리하에 잘 운영되는 듯했다. 좋은 아이디어로 시작되었으나 공동체 안에서 너무 높은 수준의 신뢰가 요구되는 일들은 곧 사라지는 것을 자주 봐왔다. 그런데 이곳에선 가능했다. 광명동에 온 지 한 시간도 되지 않아 크고 작은 감동을 벌써 몇 번째 받은 것인지. 1층에서는 '광명시티컵'이라는 다회용기를 사용했고 화장실에는 비상용 생리대 자판기가 잘 채워져 있었으며 카페에서는 공정 무역 커피를 판매했다. 같은 층에 있는 '메이커 스페이스'라는 곳에서는 3D 프린터, 재봉틀, 레이저 커팅기 등등의 다양한 제작 도구를 무료로 이용할 수 있었다. 나는 한 번도 3D 프린터를 사용해본 적이 없는데! 기회가 된다면 시집 모형을 만들어보고 싶다. 3D 프린터로 그런 걸 만드는 게 맞는지는 모르겠지만……. 통유리 건너 고등학교 전광판에는 '미래형 교과서'라는 글자가 지나갔다. 내가 보기에는 광명동 자체가 이미 미래도시인 것 같았다.

광명을 생각하면 시인 기형도가 떠오른다. '기형도 문학관'이 있으니까. 광명에 온 김에 〈엄마 걱정〉을 검색해 읽어본다.

이번에 학생들과 같이 읽은 책에도 가족을 그리는 내용이 나온다. 고명재 시인의 에세이 《너무 보고플 땐 눈이 온다》(난다, 2023)에 수록된 글이다. 나를 두고 경주로 떠나는 가족들에게 다시 만나자는 인사를 하고 돌아선 어린 시인은 펑펑 운다. 너무 많이 운 것을 할머니가 알면 슬퍼할까 봐 동네 공터에 있는 철봉에 눈두덩을 대고 한참 열을 식히고 돌아갔다고 한다. '능'이라는 제목의 글을 읽고 학생들에게 가장 좋아하는 문장을 물었다. 첫 문장부터 마지막 문장까지 고루고루 선택받았다. 나는 예비 작가인 학생들에게 너무 슬펐다는 말 대신 철봉에 눈두덩을 대고 퉁퉁 부은 눈을 식히는 장면을 보여줄 수도 있다고 말해주었다.

환대해주는 선생님, 학생들과 함께 아름다운 작품도 읽고 즉흥시 쓰기도 하며 무려 세 시간 동안 이야기를 나눴다. 이번에 만난 학생들과 근미래에 동료로 만나는 상상을 하며 한 명 한 명의 이름을 외웠다. 집에 가는 길에 학생들의 작품집 《일상이 쓰기》를 선물로 받아 전철에 앉자마자 읽기 시작했다.

울릉도 너도밤나무에는 전설이 있다고 한다. 산신령이 밤나무 백 그루를 심으라고 했는데, 한 그루가 죽었다. 아흔아홉 그루밖에 되지 않아 산신령이 벌을 내리려고 했다. 그러자 어떤 나무가 "나도 밤나무"라고 말했다. 그 나무가 너도밤나무가 되었다.

이것은 교장 선생님이 학생들을 격려하며 작품집에서 남겨주신 이야기다. 얼떨결에 "나도……"라고 말하는 어느 나무가 그려져서 웃음이 나왔다. 학생 중에 누군가가 "나도……" 하고 쓰다가 꼭 작가가 될 것만 같다.

작품집에 수록된 학생들의 글은 개성 넘치고 작품성

도 높았다. 나는 최근 청소년 시집 출간을 제안받았는데 이렇게 기발하고 자유롭고 감동적인 작품들을 따라갈 자신이 없다. 학생들이 지금 가지고 있는 호기심과 맑은 정신을 많은 작품으로 남겨주었으면 한다.

광명동 도덕산에 수도권 유일의 Y자형 출렁다리도 있다고 해서 가보고 싶었지만, 비가 많이 와서(사실 체력도……) 다음을 기약하고 경륜장이란 곳을 가보았다. '광명스피돔'은 경륜장일 뿐만 아니라 서쪽으로 목감천이 흐르는 마을의 휴식처 같았다. 나는 학생들에게 낯선 단어를 바로 검색하지 말고 응시하고 추측하다 보면 그 효과에 대해 더 잘 알 수 있다고 강조했다. 그래서 '경륜競輪'이라는 말의 뜻을 모른 채로 거대한 경기장을 한 바퀴 돌았다. 비가 와서 사람이 아무도 없었고 잠자리 한 마리가 나타났다가 사라지기를 반복했다. 빗속에도 잠자리는 잘 날아다니네……. 올해 처음 보는 잠자리는 무척 특별하게 나타났다. 이소연 시인에게 전화해서 "바람이 분다/ 살아야겠다"가 누구의 작품이었냐 물었다. 그것이 폴 발레리의 〈해변의 묘지〉라는 걸 떠올릴 즈음 선수들의 사진이 나타났다. 경륜의 뜻을 얼핏 짐작할 수 있었다.

학생들과 사흘 동안 세 시간씩이나 눈을 맞추고 이야기를 나눴더니, 정이 들어 발이 잘 떨어지지 않았다. 담요를 망토처럼 어깨에 걸친 청소년 작가님들의 모습이 오래 생각날 것 같았다. 버스에서 내려 잊지 않고 책방 '읽을마음'에 들렀다. 생일 순서로 꽂혀 있는 블라인드북을 바라보노라니 내가 정말 좋아하는 만화책 속에 들어온 기분이 되었다. 나와 생일이 같은 작가님이 무려 일곱 분이나 된다고 한다! 친구들의 생일 책도 사고 가방이 무거워진 채로 집으로 향했다. 책방 대표님은 SNS에 "4월의 작가님이 한 분 늘어 행복한 금요일입니다" 하고 댓글을 남겨주셨다. 생일 책의 작가가 되는 건 왠지 미래의 일 같기만 했는데, 광명동에서는 미래의 좋은 일이 지금부터 시작되는 것 같았다.

조금 더 가볼까, 얼마나 아름다운지

전남 순천시 대대동

가장 먼저 떠오르는 건 게다. 어떤 기차역을 이용했는지, 몇 월쯤이었는지 하는 것들이 기억의 바닥으로 잔잔히 가라앉은 지금, 게들이 나타난다. 꼬마의 손바닥만한 게들 혹은 더 작은 게들. 집게발은 주먹을 쥔 것 같고 옆으로 걷는 다리는 왠지 더 열심인 것만 같다. 여기는 게들이 사는 곳이다. 박물관이나 아쿠아리움이 아니다. 진흙엔 숭숭 구멍이 뚫려 있다. 굴뚝 같은 것일까? 저 아래 나는 모르는 생활이 있는 거겠지. 키 큰 갈대들은 바람이 아닌 빛의 입자에 의해 흔들리는 것 같다. 아니 갈대의 수염뿌리가 빛 가루를 쏟아내는지도 모른다. 수많은 게가 바쁘게 움직인다. 땅 위로 밤을 끌어오는 듯하다. 이름이 뭐지? 검색해보니 '완전히 귀여운 게'라고 한 블로거가 소개하고 있다. 그것을 공식 이름으로 삼아도 좋을 텐데……. 습지를 지키는 게의 이름은 '칠게'고, 다른 대표 생명체는 '짱뚱어'라고 한다. 짱뚱어는 쉽게 찾을 수 없었다.

이렇게나 많은 칠게를 본 건 용산전망대에서 돌아오는 길이었다. 갈대숲까지만 슬쩍 보고 오자 했던 나는 결국 용산전망대까지 올랐고, 전망대에서 지평선으로 넘어가는 일몰을 볼 수 있었다. 3층 곳곳에서 탄성이 터졌다. 아무것도 준비하지 않고 간 사람들에게 찾아온 과분한 행운이었다.

'내가 여기에 이렇게 있다니. 정말 어제까지만 해도 상상 못 한 일이야.'

순천만습지를 처음 알게 된 것은 한 텔레비전 프로그램에서였다. 드론으로 촬영한 것인지 카메라는 시원하게 하늘을 날면서 일대의 풍경을 보여주었다. 한국에 저런 곳이 있다고? 태고의 모습을 간직한 듯 신비로웠다. 이후 누가 여행으로 가보고 싶은 곳이 있냐고 물으면 예외 없이 순천만습지라고 대답해왔다. 사실 이곳을 늘 상상해온 것이다.

이소연 시인이 강연 요청을 받아 함께 광양에 왔다. 예전에 나의 울산 행사에 이소연 시인이 동행해주었기 때문에 나도 이소연 시인의 광양 강연에 매니저로 따라왔다. 방방곡곡 잘 아는 이소연 시인은 광양에서 일을 마치고 가볍게 순천을 나들이한 후 돌아오면 된다고 했다. 지도에서 순천이 어딘지도 찾지 못했던 나는 순천만습지를 연상할 수 없었고, 오직 서점 '책방심다'만이 떠올랐다. 우리 가는 날에 서점도 열어! 인스타그램에서 본 책방. 같은 동네 살아서 인연이 된 김지은 작가님이 행사하러 갔다가 내 시집을 발견하고 인증해주었던 바로 그곳. 나의 책을 입고해주고 소개까지 해주는 책방은 모두 정말 감사하다. 하나하나 기억하고 있다.

광양 일정을 마치고 우리는 책방심다로 향했다. 택시에서 내려 떨리는 마음에 곧장 책방에 들어가지 않고 잠시 사진을 찍었다. 책방 사장님은 만나볼 수 있을까? 바쁘신데 방해가 되면 어떡하지? 그럼 금방 책만 보고 나와야지. 오늘은 어떤 특별한 책을 살 수 있을까? 책방 입구 앞 필름 카메라 자판기를 구경하면서 이 설렘에 집중했다. 한쪽 벽에는 빔프로젝터로 켠 바닷속 영상이 흐르고, 귀한 독립출판 책들이 전시되어 있었다. 친환경 굿즈도 판매 중이었는데, 북극곰 수납 통과 도토리 모양의 과자 통을 기쁜 마음으로 구매했다. 보통 책방에 가면 무게 때문에 한 권만 사는 편인데, 책방심다에는 다른 곳에서는 살 수 없는 지역 출판물이 많아 양팔 수북이 책으로 무거워져도 상관없었다.

계산하고 뒤돌아보니 내 시집과 산문집이 책장 한 칸

에 가득 자리하고 있었다. 무어라고 감사의 말씀을 드려야 할지. 입고와 관심에 감사의 말씀을 드렸다. 그런데 더 감사할 일이 생겼다. 대표님은 오늘 이 시간이라면 '순천만습지'를 꼭 가보라고, 힘들면 갈대밭만 보고 와도 좋다고, 우리의 짐도 저녁에 숙소로 가져다주겠다고 했다. 감사함은 여기서 끝이 아니다. 필름 카메라 한 대도 선물로 주었다. 그렇게 이소연 시인과 나는 내가 오래도록 꿈꿔온 단 하나의 장소, 순천만습지를 가보게 된 것이다.

우리는 습지 입구에서 이미 오길 잘했다고 생각했기 때문에, 큰 욕심 없이 걸었다. 카페에서 커피도 느긋하게 마셨다. 탁 트인 습지를 바라보고 있으니 자연스레 마음이 정화되는 듯했다. 흐르는 물도, 흔들리는 갈대도 모두 아름다웠지만 볕을 가득 느낄 수 있는 것이 무엇보다 좋았다. 해와 나 사이를 가리는 건물 하나 없고, 역광 사진을 언제든 마음껏 찍을 수 있었다.

그리고 잠정적인 목표였던 출렁다리 앞에서 전망대로 오를지 말지 고민했다. 조금만 더 가볼까? 그래, 저기 위에서 보는 각도가 어떤지만 보자. 이젠 숨이 차다고 느낄 때쯤 자꾸만 표지판이 나왔다. 전망대까지 얼마. 저 정도면 가까운 거야, 먼 거야? 가까운 거 같아.

여기까지도 많이 왔다, 생각이 들 때면 '보조 전망대'라는 것이 나타났다.

"전망대가 무엇이란 말이냐, 나 자신이 전망을 바라보는 바로 그곳, 그곳이 내겐 전망대인 것을!"

힘이 드니까 그런 말을 하며 보조 전망대에 섰는데,

"전망대가 괜히 전망대가 아니네. 아니, 어떻게 이렇게 경치가 좋단 말인가?"

하며 마음이 바뀌었다. 이소연 시인과 나는 책방에서 인문 지원사업에 진행을 맡고 있었다. '주디스 버틀러 읽기'는 이소연이 주 강사, '김종삼 전집 읽기'는 내가 주 강사였다. 그리고 서로의 보조 강사로 일했다.

"우리는 모두 보조 강사니까, 일부러 보조 전망대까지만 온 거로 하자."

그러나 여기까지 온 이상 이소연 시인을 막을 수는 없었다.

"보조 전망대가 이렇게 아름답다면 용산전망대는 얼마나 아름답겠어. 어서 가보자."

이소연 시인은 지구력이 좋다. 오르막에서 거의 3분

만에 숨차하면서도 시간이 지날수록 더 팔팔해지는 사람이다.

그렇게 아름다운 일몰을 보는 행운을 누렸다. 돌아오는 길에는 다시 보조 전망대를 지나며 동영상을 찍었다.

"보조 전망대라고 해서 결코 뭐 하나 빠지거나 부족하지가 않습니다. 물론 여긴 망원경도 없고, 주 전망대처럼 3층까지는 안 되지만 여기 보조 전망대도 아름다운 능선, 저 바다, 습지 모두 잘 볼 수 있어요. 보조 강사와 비슷한 거죠."

먼 길을 다시 걸어야 했지만 힘든 줄 몰랐다.

마침내 하늘을 걷다

충북 단양군 단양읍

이제는 시간이 지나서 실제로 있었던 일인지 꿈을 꾼 것인지 모를 일들이 있다. 모래 더미에 보관하는 밤톨이라든지, 산 중턱에 소를 묶어두는 일, 에메랄드빛 강의 굽이치는 물살이 짐승의 등줄기처럼 우렁차서 겁을 먹고도 자꾸 다가갔던 순간……. 내 속에서 꺼낸 단양의 기억은 모두 이런 것들이다.

단양은 엄마의 고향이다. 나는 그 사실이 늘 자랑스러웠다. 단양은 예부터 오래오래 시로 쓰이고 그림으로 그려진 고장이다. '옥순봉도'가 수록된 김홍도의 '단원화첩'을 미술관에서 직접 본 적이 있다.

"한국화에 나오는 조그마한 인물들을 보는 게 정말 재밌어. 너무 귀엽지 않아?"

같이 간 친구 은모든 작가의 말에 나는 전시관 유리에 코를 박고 그림 속 인물들의 동작을 구경했다. 사공은 노를 저어가고, 갓을 쓴 이 둘이 배를 타고 있다. 먼 곳을 가리키고 있는 사람과 무슨 이야기를 나누고 있을까? 충청도 특유의 느리고 능청스러운 말투가 들리는 듯했다. 덕분에 얼마 뒤에 나는 〈화첩의 첫 번째 그림 - 옥순봉도〉라는 시를 썼다. 시적 화자인 내가 갓을 쓴 이들에게 말을 거는 내용이다.

"비 온 뒤 죽순 같다고 옥순봉이라 해요."

옥순봉에 대한 내적 친밀감 때문인지 내가 먼저 단양을 소개하는 말을 한다. 첫 번째 시집 《책방에서 빗소리를 들었다》(디자인이음, 2019)에 수록되어 있다.

외할머니가 돌아가신 이후로 단양에 간 적이 없어서 단양을 알면서도 동시에 모르겠다고 생각했다. 전래동화에 나올 것 같은 외갓집은 작은 마을에서도 외따로 떨어져 산속에 있었다. 하루는 할머니를 따라 숲에 갔는데, 버섯을 따는 할머니와 얘기도 하고 땅에 난 풀 같은 것을 바라보면서 나는 오래도록 기다렸다. 그날 점심에 버섯국을 먹었다. 버섯을 좋아하지 않는 나는 먹는 둥 마는 둥 했다. 오빠가 평소와 달리 느닷없이 화를 내며 내게 큰소리쳤다.

"너는 왜 버섯을 먹지 않는 건데? 할머니도! 버섯을 좋아하고, 엄마도! 버섯을 좋아하고, 아빠도! 버섯을 좋아하고, 누나도! 버섯을 좋아하고, 나도 버섯을 좋아하고, 여기 계신 모두가 버섯을 좋아하고, 집에 계신 할머니 할아버지도 버섯을 좋아하는데 왜 너만 버섯을 안 좋아한다는 거야?"

평소 같았으면 모두가 좋아하면 나도 좋아해야 하냐고 화를 냈겠지만, 나는 잠자코 버섯국을 먹었다. 반복된 표현이 가진 설득력 때문이었을까? 누군가 저 정도로 말할 때는 말이 담은 내용보다 마음이 먼저 전해지는 것 같다. 손수 따온 버섯을 안 먹고 있으면 할머니가 서운할 거라고 알려주는 것 같기도 했다. 이후로 버섯을 좋아하게 되었는데, 다만 버섯만 보면 할머니도! 엄마도! 아빠도! 하는 연설이 들려온다.

기세로서 좋아하는 음식이 된 버섯처럼 좋아하는 여행지로 나는 단양을 큰 소리로 외치고 싶다. 케빈의 휴가를 맞아 우리는 단양으로 향했다. 문경에서 단양에 다녀올 땐 늘 멀미를 했기에 각오 같은 것을 약간 했다. 하지만 서울에서 단양으로 가는 교통수단이 잘돼 있는 건지, 내가 운이 좋게 쉽게 간 건지 몰라도 도착했을 때까지 전혀 지치지 않았다. 가히 기억에 남을 만한 편리함이었다. 청량리역에서 KTX-이음이라는 것을 타고 한 시간 29분이 지나자 단양이었다. 평소에 타던 기차보다 복도도 좌석도 널찍했다. 전날 뒤늦게 표를 예약했기 때문에 우리는 복도를 사이에 두고 떨어져 앉아야 했는데, 창가에 앉은 분이 감사하게도 먼저 자리를 바꿔주어서 같이 앉아 갈 수 있었다.

"저기 좀 봐! 중랑천이야."

"중랑천만 보고도 이렇게 좋아하다니, 단양에 가면 기절하겠군."

창밖 풍경에 들뜬 나를 남편이 놀렸다. 하지만 며칠 전에 내린 눈이 슈가파우더를 뿌린 것처럼 덮여 있는 산, 얼어 있는 강의 수면에 생긴 무늬 모두 너무 아름다운걸. 멀리 있어야 볼 수 있는 것들을 생각하며 낭만적 그리움에 빠지려는데 이미 내릴 시간이 되었다. 숙소는 3시 체크인이었다. 이른 체크인이 가능할 거라 기대하며 택시를 탔다.

"저기가 우리가 갈 곳이야."

단양 여행을 준비한 케빈이 말했다. 기온은 따스했지만 날이 흐려서 으스스한 가운데 앙상한 나뭇가지로 덮인 산꼭대기와 철골로 된 달걀 같은 것이 보였다. 저기에 가고 싶다니 의아했다. 숙소는 체크인은커녕 짐 보관도 안 된다고 했다. 역에서 전화로 문의해볼 걸 그랬다.

동선은 조금 꼬였지만 우리가 갈 '단양 만천하스카이워크'는 다행히 가까운 편이고 덕분에(?) 간단히 식사도 할 수 있었다. 다시 택시를 타고 매표소에 도착했다. 셔틀버스가 꼬불꼬불 산을 올라 전망대에 데려다주었다. 360도로 회전하며 완만하게 오르도록 디자인된 데크를 걸으며 압도적인 단양의 풍광을 감상할 수 있었다. 굽어 흐르는 남한강이 양쪽으로 펼쳐지고 소백산 봉우리들이 셀수 없이 빽빽하다. 수묵화 안에 들어온 것 같다. 진경 산수화란 말이 괜한 게 아니었다. 구름을 밀어내고 있는 듯한 먼 산이 수묵화는 리얼리즘임을 증명하는 듯했다. 케빈이 살던 호주의 땅은 사방이 평평하기에 뾰족뾰족한 산들을 그는 더욱 특별하게 바라본다.

이것으로 충분하다. 이미 휴가를 온 보람을 모두 느꼈다. 물주머니가 달린 소방 헬리콥터가 눈앞에 지나갔다. 모쪼록 심각한 상황이 아니길 바라면서 헬리콥터가 멀어질 때까지 바라보았다. 뒤편 산에선 펑 터지는 소리와 함께 하얀 연기가 피어오르기도 했다. 시멘트 공장이 많다고 들었는데, 그와 관련된 건지 추측할 뿐이었다. 어디에서도 경험한 적 없는 높은 지대의 일상을 살짝 엿

본 기분.

바쁜 일들을 뒤로하고 숙소로 돌아가려고 택시 승강장으로 향했다. 곁에 '단양강 잔도'라고 쓰인 표지판이 보였다. 셔틀버스 스크린에도 뜨던 곳인데 차가 없으면 갈 수 없으려니 했건만 바로 이곳이라니 반가웠다. 숙소까지 3킬로미터 정도이고, 길 그 자체가 관광 명소이기에 우리는 걸어가기로 했다. 물속에서 언 물풀들 좀 봐. 암벽에서 자라는 식물은 부처손이래. (뒤로 돌아서며) 우리가 걸어온 길이 저렇게 아름다웠어. 단양강 잔도에서는 모든 말이 시가 될 것 같았다.

다음 날에는 '고수동굴'에 갔다. 물도, 돌도 신에게는 예술 작품의 재료인 것 같았다. 종유석, 석주, 동굴방패 그리고 그 모든 것을 빚은 시간. 생명체의 내부 같기도 하고 낯선 외계인 같기도 하다. 이 모든 걸 보존하면서 동굴을 체험할 수 있도록 계단을 만든 과정을 상상했다. 일부 구간을 만든 후에 나머지를 만들어갔을지, 처음부터 디자인해서 제작했을지. "계단이 700개입니다." 직원분이 방문객들에게 말했다. 객관적인 정보를 제공하는 모습이 좋았다. 체력이 약한 사람도 자신의 판단으로 오를지 말지 결정할 수 있으니까. "700개?" 하고 서로의 얼굴을 보던 어르신들은 "할 수 있지!" 하며 어깨를 한번 펴시더니 탐험을 시작하셨다. 동굴에 들어갈 때 나는 오랜 기침으로 컨디션이 종이 인형 같았는데 700개의 계단 덕분인지 동굴에서 나올 땐 땀도 좀 났고 건강해진 느낌이었다.

'단양구경시장', '다누리아쿠아리움' 모두 도보로 다녀왔다. 관광객이 기대하는 모든 게 있는 단양. 여행의 마지막으로 역시 책방에 들렀다. 구경시장 안에 위치한 '단양노트'라는 서점이었다. 단양에 대한 애정과 추억이 가득 담긴 굿즈, 독특한 출판물, 여행하며 읽기 좋은 책들로 구성된 책방의 공기를 마시니 물속으로 돌아온 수중 생물처럼 심장 박동이 편안해졌다. 노원구 지구불시착 대표님이 그린 그림과 포스터가 책방 한편을 가득 채우고 있어 특히 반가웠다. 단양노트 대표님은 지구불시착에서 두세 번 뵌 적이 있었다. 반갑게 인사를 나누었다.

"단양과 관련된 책이 있을까요?"

불키드 작가의 만화책《단양: 가만히 있어도 사라지지 않는 것》(삐약삐약북스, 2021)을 샀다. 역에서 기차를 기다리는 동안 읽었다. 비수도권의 이야기를 주제로 하는 지역 이슈 만화 시리즈, '지역의 사생활 99' 단양 편이었다. 1985년에 충주호 건설로 '구단양'은 물에 잠기게되었다. 엄마의 고향에서 일어난 일이라 더욱 깊은 흉터로 남은 일이다. 이 사실이 플롯에 녹아 있어 삶의 터전 단양을 잘 느낄 수 있는 작품이었다.

돌아오는 기차에는 단양 특산품인 마늘 닭강정을 손에 쥔 승객이 많았다. 다음에 올 땐 나도 따라 사야겠다 싶었다. 멋진 책을 읽은 감동을 안고 집으로 돌아왔다. 책날개 뒤편에는 다른 지역을 담은 작품들이 소개되어 있었다. 강원도 고성, 강릉, 동해……. 둘째손가락으로 하나하나 짚으면서 그곳의 이름을 읽어보았다.

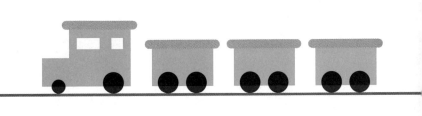

일출 일기 혹은 망각 일기

제주 제주시 애월읍

"매일 제주도의 일출 일기를 쓰고 싶은데."

소묘를 연습하는 사람처럼 매일 해가 뜨는 풍경을 문장으로 옮기고 싶었다. 그리고 독립출판으로 내는 상상을 했다.

"오, 괜찮겠는데?"

"그런데 내가 새벽 일찍 일어날 수 있을까?"

"아하하."

친오빠는 웃음을 터뜨렸다. 거기에 그치지 않고 "그럼 일어나는 대로 써" 하고 말했다.

"일어났을 때 보이는 태양의 모습을 쓰면 되겠네. 해가 중천이구나!"

오빠는 기회만 되면 웃기고 싶어 하는 편인데, 동시에 놀라운 말도 많이 한다. 하루는 나에게 고향에 와서 논술학원을 하는 건 어떠냐고 했다.

"내가 가르치면 학생들이 논리적이지 못할 텐데?"

오빠는 그 말이 맞다고 하면서, 고향 아이들이 자꾸 이상한 말을 하게 될지도 모른다고 했다.

"비가 오네, 구름이 다이어트 하나 봐, 하고 말하게 되면 곤란하겠지."

이렇듯 독특한 오빠의 격려 덕분에 나는 늦잠을 자는 단점을 이겨내고 제주도에서 글을 많이 썼다.

2018년, 어제처럼 가까우면서도 어제처럼 아득한, 코로나라는 단어를 모르던, 나의 강아지가 건강하던 시절. 그때의 나는 시집이란 것을 출간해본 적도 없고 제주의 역사에 대해서도 무지한 사람이었다. 케빈이 갑작스러운 사정으로 한 달간 일을 쉬어야 했다. 그가 우울해하지 않기를 바라며 나는 '보름 살기'라는 말을 꺼냈고, 케빈과 제주도에 가게 되었다. 그때 쓴 '제주도 일출 일기' 파일을 열어보니 열여덟 쪽. 꽤 성실하게 쓴 것 같다. 단편소설 두 편 분량이다. 매일 피아노 연습을 하는 사람처럼 계속 뭔가를 쓴 것이다.

"마구마구, 뒤로 돌아가지 않고 쓰기."

이런 문장도 보인다. 소설처럼 묘사한 부분이 있고, 시도 있고 희곡처럼 쓴 대화도 있다. 아래는 제주 애월이 담긴 일기의 한 부분이다.

1) 아침인 것 같다. 몇 시지? 이미 깨어서 스마트폰을 하는 케빈한테 물어보니 8시라고 한다. (8시가 아니었

다.) 잘 잤다고 한다. 30분 전에 깼다고 한다. 나는 자는 동안 끼고 있던 이어폰을 뺐다. 자다가 뒤척여서 이어폰이 등 아래서 눌리는 바람에 목이 약간 뻐근하다.

한창 여름의 맑은 날씨이다. 애월 바다는 남빛. 야자수가 창문 한가운데 보인다. 어제 도착했을 땐 해가 져서 바다가 보이지 않았지만, 고깃배로 생각되는 빛 덩어리가 많이 떠 있었다. 너무 많아서 가로등 같았다. 아침에는 두세 척 정도 떠 있다. 야자수가 바람에 흔들리고 있다. 지금 이렇게 눈으로 보면 야자수도 있고, 침엽수도 있고 밭도 있다. 딱 한 그루의 야자수만 머릿속에 그려져 기억하고 있는데.

2) 이곳 숙소는 케빈이 골랐다. 야외 수영장이 있고 바다와 가깝기 때문이었다. 처음엔 한 달 살기를 하려고 했었기에 취사가 가능하고 가격도 저렴한 이곳으로 결정했다. 괜찮을까? 통나무 건물은 지은 지 오래되어 보이고 방은 빈티지 감성이랄까, 좀 낡았고 교통편도 애매하다. 근처에 이렇다 할 구경거리도 없고 블로그를 뒤늦게 찾아봤더니 자물쇠가 불안했다는 후기도 있다. 그런

데 도착하자마자 이미 오길 잘했다는 생각이 들었다. 숙소가 언덕에 있어서 왼편으로 멀리 애월 바다가 보였고 오른편엔 한라산의 능선이 근사했다. 바다가 너무 넓어서 고래가 뛰어오른다 해도 어색하지 않을 것 같았다. 잔디 깎는 냄새와 수영장 물소리……. 체크인하고 방에 들어서자마자 인터넷에서 봤던 대로 오션 뷰가 눈에 들어왔는데 사실 그보다 창문을 열었을 때 느껴지는 맑은 공기가 아주 마음에 들었다. 휴양지에 온 기분이 들면서도 조금만 걸어가면 편의점이 있어 든든했다. 문의 전화엔 퉁명스러웠던 직원도 직접 만나니 친절했다.

수영장에 갔다.

"땡볕이었다면 힘들었을 거야."

"이런 날 방심해서 오히려 더 탈 수 있으니 조심해."

목줄을 하지 않은 귀여운 강아지가 멀리에서 나타났다. 사람들이 다가갔고 강아지는 수줍음이 많은지 조금씩 물러났다. 그늘을 만들어주는 키 큰 야자수가 흔들리는 것을 보며 대체 왜 걱정을 한 건지, 후회 아닌 후회를 했다. 애월의 매력에 빠져버렸다.

3) 7시 20분에 일어나 커튼을 열어보니 날이 흐렸다. 가까운 바다는 회색이고 점점 흐려지면서 멀리 하늘색과 가까워 어디까지가 바다이고 어디부터가 하늘인지 구분하려면 수평선을 찾아 고개를 움직여야 했다. 가까이 있는 건물 두 채는 선명했다. 야자수 잎이 흔들린다. 수평선까지는 아주 멀고 넓으니까, 이쪽은 날씨가 좋은데, 저 멀리는 흐린 것 같기도 하다.

조식을 먹고 곧 수영장을 이용했다. 물은 기분 좋게 차가웠다. 나는 원래 물을 무서워하는데 케빈과 수영장을 자주 가다 보니 이제는 물놀이는 정도는 할 수 있게 됐다. 조카가 바닥을 짚고 수영하는 잠수법을 가르쳐줬다. 무서워서 포기하려고 했는데 조카가 까치발을 하고 물을 먹어가면서 진지하게 가르쳐주었기 때문에 도저히 못 한다는 말이 안 나와서 배웠다.

물속에 들어가면 웅웅 하는 소리가 들린다. 이따금 들리는 새 지저귀는 소리, 내가 공기를 들이마시고 내쉬는 소리도 들을 수 있다. 키 큰 야자수 끝으로 빛이 쏟아지는 것을 보며 물에 둥둥 떠 있었다. 코에 물이 들어가 매웠다. 문득 내가 수영 외에 아무 생각도 안 하고 있다는 사실을 깨달았다. 수영장의 낯선 사람들도 잊었다. 고민도 걱정도 자잘한 후회와 쓸데없는 생각의 반복도 멈췄다. 투명한 물처럼 산뜻했다.

4) 수영을 끝내고 오늘은 올레길을 조금 멀리까지 걸어보기로 했다. 포구를 향해 서쪽으로 출발했다. 덥긴 하지만 가는 길에 카페가 많으니, 중간에 커피를 마실 수 있을 것이다. 해가 등 뒤에 있어서 목과 팔 뒤편에 선크림을 추가로 발랐다. 처음에는 그렇게 덥지 않았고 간간이 들리는 파도 소리가 좋았다. 높은 절벽을 계속 걸었다. 소나무가 많았다. 잎이 폭신폭신하게 쌓여 있었다. 밑기둥에 약병이 꽂혀 있어 발걸음을 늦추기도 했다. 나무가 건강하게 잘 자랐으면 좋겠다.

"영혼이 자연에 세탁되는 기분이야."

"너무 심오한데."

미니 고인돌처럼 생긴 '신엄도대불'이 나왔다. 제사 지내는 곳이 아닐까 추측했는데 설명을 읽어보니 밤낚시를 하는 사람들을 위한 등대라고 했다.

사진에 담으면 별로 안 예뻐지는 것들이 있다. 사진

찍길 싫어하는 사람이 렌즈를 보면 미운 표정을 짓는 것처럼, 어떤 예쁜 풍경들은 낯을 가리는 것만 같다. 가는 곳마다 CU와 GS가 어찌나 많은지 볼 때마다 놀랐다. 아무 생각 없는 사람이 되고 싶다는 생각을 많이 하는데 점점 내가 바라던 그런 상태가 되어갔다. 힘든 것을 참고 걷다가 드디어 실내로 들어가야겠다 싶었을 때 투썸플레이스가 나타났다. 안 돼. 여기까지 와서 서울에서도 갈 수 있는 곳을 갈 순 없어. 그렇지만 진짜 너무 더우니까 일단 들어갔다. 케빈은 등 뒤에 선풍기가 있는 좌석에 앉아 더위를 식혔다. 오래오래 그 자리에 앉아 있고 싶어 했다. 나는 추워져서 야외 테이블로 나왔다.

멀리 파도가 부서지는 소리를 들었다. 바닷바람에 흔들리는 머리카락이 볼과 턱을 간질였다. 차 소리도 사람 소리도 드물고 언덕에서 자전거가 브레이크를 건 채 천천히 내려오는 게 좋았다. 그러나 잠시 후 같은 언덕을 오르는 자전거 운전자의 표정이란. 투썸에서 나와 포구까지 가려는데 진짜 너무 더웠다.

"그럼 네가 가고 싶다던 책방에 한번 가볼까?"

더는 무리란 생각이 들었는데 책방이 거기서 코앞이

기에 책방 투어에 도전했다. 고내포구에서 도보 2분. 책방 '디어마이블루'는 꽃 서점으로, 꽃꽂이 수업도 진행한다고 했다. 길에는 나보다 키 큰 해바라기와 특이한 박들이 있었다. 책방 대표님은 우리를 반갑게 맞아주셨는데 나는 진짜 너무 더워서 "살려주세요"라고 말할 뻔했다. 책을 구입하고 창가에 앉아 더위를 식혔다. 사장님은 꽃 작업 중이었다. 창밖 현무암으로 만들어진 낮은 담장들을 배경으로 책을 읽었다. (2024년 현재, 책방은 제주시 삼도이동에 있다.)

5) '카페소금'에 와서 글을 쓰고 있다. 여기까지 와서 이렇게 오래 글을 쓰는 게 맞는가 싶기도 하지만 글쓰기가 너무 재미있는 것을 어쩌랴. 그리고 계속 쓰니까 문득 독특한 생각이 떠오르면 바로바로 낚을 수 있어 좋다. 이곳에 오는 길에 아주 위험해 보이는 곳에서 혼자 낚시하는 분들을 봤더니, 생각도 '낚는다'고 쓰게 되었다.

곽지 해변의 조수 차를 검색했는데 무려 7미터나 된다고 한다. 블로그 사진에도 아주 멀리까지 물이 빠져 있었다. 9시 30분쯤 물이 높다고 하니깐 일어나자마자 출발하기로 했다. 사물함은 쓸 수 있나 검색하는데 "곽지에 사람 이렇게 많은 거 처음 봤다"라는 말과 복작복작한 해변의 모습이 별로 안 좋아 보였다. 그런데 버스에타자마자 거짓말처럼 즐거워졌다.

"걱정을 왜 한 거야?"

어제 자꾸 걱정을 더하는 나에 대한 불만의 글을 써놓고, 그다음 날 또 걱정을 한 것이다. 일단 출발하면 무조건 재미있을 텐데! 숙소에 도착해서 TV를 켰더니 EBS모 프로그램에서 하는 말. "뇌는 구두쇠다! 뇌는 전혀 진화하지 않았다!" 그거 혹시 나한테 하는 말은 아니겠지.

오는 길에 밤바다를 보는데 아직 그렇게 어둡진 않고 고깃배의 불빛이 환하게 떠 있었다.

"저 정도로 일직선으로 보인다는 건 모두 충분히 멀리 있어서 그런 거야. 분명 서로 떨어져 있을 텐데 어느정도부터는 수평선으로 보이는 거야."

내가 혼잣말처럼 중얼거렸더니 케빈이 말했다.

"맞아. 마치 별처럼."

"오." (별이 그러한가 생각 중.)

"바다의 별. 고기잡이 보트. 시로 써도 좋아."

"그럴까? 아냐, 됐어. 난 나의 말로 쓸래."

"물고기 이름을 하나 쓰고, 바다의 별이라고 불러."

이런 이야기를 하며 카페에 도착했다.

누가 시키지도 않은 글을 쓰는 것은 시간 낭비가 아닐까, 하는 생각을 나도 했다. 그러나 덕분에 〈신호등이 없는 마을〉이라는 시를 썼고, 내 시집 《고구마와 고마워는 두 글자나 같네》(걷는사람, 2019)에 실을 수 있었다. 무엇보다 덕분에 파일을 열어 읽어볼 때마다 재미있게 읽을 수가 있다.

사소한 일들은 거의 기억나지 않는다. 목줄을 하지 않은 강아지, 조카에게 배운 잠수, 실없이 나눈 대화……. 일출 일기가 아니라 망각 일기를 읽는 것 같다. 망각하지 않았다면 다시 읽는 것이 재미없었을 것이다. 문장으로 전환된 애월, 이 글을 읽을 때마다 그곳으로 다시 여행을 떠날 수 있다.

당신과 듣고 싶은 종소리

경기 화성시 남양읍

화성시를 쓰는 에세이 프로젝트에 참여하게 되었다. 이소연 시인은 '제부도'를, 나는 '남양성모성지'를 맡았다. 우리는 친애하는 진의 차를 얻어 타고 우리만의 화성시 탐방에 나섰다.

솔직히 설렜다. 친구들이 말하길, 남양성모성지는 제부도 가는 길에 있으며 이 지역 포도는 특히 맛있어서 시간이 난다면 포도를 살 수 있다면 좋을 것이며, 제부도는 전에 가봤는데 또 가고 싶을 정도로 멋진 곳이라 했다. 동행들의 목소리는 한껏 들떠 있었고, 진이 준비한 시원한 물 한 병을 건네받았을 때, 이렇게 사려 깊은 친구들과 보낼 하루가 몹시 기대되었다.

하지만 출발하자마자 타이어에 공기가 빠졌다는 경고등이 떴다. 일요일의 카센터는 거의 문을 닫았고, 두 번째 찾은 카센터에서 겨우 타이어에 공기를 넣을 수 있었다. 타이어에 펑크가 난 것일 수 있으니 주의하라는 기사님의 말씀에 조마조마했다. 예상치 못한 상황에 바짝 긴장했지만 어떻게든 도움이 되려고 노력하며 서로의 기분을 살폈다. 남양읍이 가까워질수록 우리의 마음은 곧게 펴지고 잘 도착했다는 뿌듯함이 차올랐다.

"무사히 도착하여 정말 감사합니다."

너른 주차장에 차를 세웠을 때 저절로 두 손을 모으게 되었다.

서울에서 그렇게 먼 거리는 아니었지만 특별히(?) 어렵게 온 우리는 우선 든든히 먹고 여행을 이어가기로 했다. 낯선 동네에서 맛집을 찾을 수 있을지? 지도 앱을 켜보았더니 무려 시청이 가까이에 있었다. 시청 근처면 식당이 많을 것이었다. 먹을 복이 많은 이소연 시인의 감을 믿고 도로 건너 한곳에 들어갔다. 사람이 많지도 않고, 평범해 보이는 가게라서 큰 기대를 하지 않았는데 정말 맛있었다. 미식가는 아니지만 내가 먹어본 새우장 중에 가장 훌륭했다. 맛에 대해 잘 아는 두 친구도 맛집으로 인정했다. 화성시가 바다에 접해 있다는 사실을 사람들이 생각보다 잘 모른다는 이야기가 떠올랐다. 서해 가까운 곳에 있어서 누릴 수 있는 복인가 싶었다.

성지로 향하기 위해 개울 위에 놓인 로사리오교를 건넜다. 여름에 모은 녹색을 아직 꼭 쥐고 있는 식물들, 개울의 수면은 부지런히 물결을 만들면서 초록의 그림자와 구름의 그림자를 번갈아 비추고 있었다. 성스러운 곳 앞에 물길을 두는 것은 그곳을 들어오기 전에 세상에서 가진 어지러운 마음들을 씻어내기 위해서라던데, 물 흐르는 소리에 귀 기울이는 것만으로도 내 안의 뭔가가 맑아지는 듯했다.

성지라면 '절두산순교성지'와 '왜고개성지'를 지나가 본 게 전부였다. 성지라는 이름에 발소리도 조심했었다. 남양성모성지의 모습도 비슷한지, 어떤 역사를 품고 있는지 궁금해하며 천천히 걸음을 옮겼다.

먼저 벽면과 대문에 새겨진 조각들이 우리를 맞이했다. 쓰러진 사람을 안은 채 울고 있는 작품 앞에서 발길이 멈췄다. 마냥 처절한 느낌은 아니고, 옆으로 긴 눈과 커다란 손발 때문인지 정겹고 친근했다. 그래서 그 슬픔에 더 가까이 다가가고 싶은 마음이 일었다. 1866년 병인박해에 많은 신자가 순교한 곳이다. 다른 순교지와 달리 무명 순교자들의 치명터였기에 오랜 시간 방치되어 오다가 1983년 성역화를 시작했다고 한다.

입구 왼편으로 작고 현대적인 건축물 두 동이 보였고 나무가 우거진 숲길 너머로 멀리 역시 두 동의 탑이 눈에 들어왔다. 생각한 것보다 훨씬 규모가 있는 곳이구나, 잠시 놀랐다.

　"통일기원 남양성모마리아 대성당의 공사를 시작합니다.

　설계자

　마리오 보타."

　모니터에 성지 안내 영상이 나왔다. 이곳은 종교적인 성지일 뿐만 아니라 건축의 성지이기도 했다. 마리오 보타는 어떤 사람인지, 대성당은 어떻게 지어졌는지 궁금해졌고 이제 곧 대성당을 직접 볼 수 있음에 몹시 들떴다.

　성물도 판매하고 있었는데 생일을 맞은 진은 이소연 시인에게 선물로 작은 에코백을 받고 싶다고 했다. 작은 가방을 손에 쥔 친구와 가방이 예쁘다고 말해주는 이소연 시인과 함께 빛과 그늘이 보드랍게 깔린 길을 타박타박 걸었다.

　"두 분은 여기 원래 아셨나요?"

　"이렇게 엄청난 곳을 저는 왜 여태 몰랐을까요? 세상에는 원래 이렇게 대단한 곳이 많나요?"

나는 친구들에게 연달아 물었다. 언젠가 다시 이곳에 오고 싶어졌다. 그러면서 생각했다. 특별해서 인파에 시달리는 곳과 특별함에도 고요함을 지켜내는 곳의 차이에 대해서. 거장의 건축이라 하면 해외 유명 도시부터 떠올렸던 나의 편견에 대해서.

오른쪽에 또 하나의 건축물이 나타났다. 멀리서 보면 사이드 테이블 모양과 비슷해 무대 같기도 하고, 하나의 전시 작품 같기도 했다. 후에 자료를 찾아보니 '천상의 문'으로, 이 문을 지나며 탑을 바라보면 절로 감탄이 나온다고 한다.

왼편으로 작은 촛불들이 어둠을 밝히고 있는 '초봉헌소'가 나왔다. 일단 반가웠다. 나는 신자가 아니지만 삶이 버거울 때면 친구를 따라 성당에 가곤 한다. 원하는 색의 초를 고르고, 불을 밝히고, 기도하는 일에 집중했다. 창 너머 바깥에 계신 성모상을 바라보며 초를 놓아두는 일······. 이곳은 처음 보는 풍경을 체험하게 하는 동시에 고전적인 감동을 온전하게 선사하고 있었다.

"사진 찍는 걸 잊은 건 아니지?"

이소연 시인은 내가 이곳을 찾은 목적을 거듭 확인

했다. 이소연 시인과 진은 내가 찍는 것만으론 부족할까 싶은지 직접 사진을 찍어주기도 했다. 신께서는 나에게 참 총명한 두 친구를 보내주셨다.

앞서가는 사람들을 따라 오른쪽 숲길에 들어섰다. 돌을 쌓아 둥글게 지은 작은 공간이 나타났다. '성체조배실'이었다. 조배실의 한쪽은 동굴 벽 같았다. 세 개의 구멍에서 빛이 들어와 성모상을 비추고 있었고 안쪽의 방은 정갈했다. 기도가 필요한 사람, 오직 그 사람을 위해 마련된 것처럼 느껴졌다.

대칭을 이루는 탑은 가까이서 보니 더욱 웅장했다. 탑 사이에는 종이 여러 개 있었다. 묵주를 쥐고 기도하는 두 손처럼 보이기도 했다. 강남 교보가 생각나네, 하고 생각했는데 실제로 '교보강남타워'와 '리움 미술관'은 모두 같은 건축가, 마리오 보타의 작품이었다. 이렇게 친숙한 건축가였다니……. 답사를 다녀와 공부하면 할수록 놀라움의 연속이었다. 흙과 불로 만들어진 붉은 벽돌 테라코타 마감, 대칭 구도, 과감한 기하학적 디자인은 사람들의 기억 속에 강렬하게 남는 보타 설계의 특징이었다.

우리 동네에도 동그란 벽돌 타워가 있는데. 보타의 특징을 모두 갖추고 있네, 생각했는데 찾아보니 매일 지나가며 보는 노원구 교보생명빌딩 역시 그의 작품이었다.

벽돌의 층으로 만들어진, 분명하면서도 다채로운 곡선을 바라보았다. 건축에 대해 잘 알지 못하는 나 같은 사람도 이곳에 온다면 그날이 건축을 사랑하게 되는 첫 번째 날이 될지도 모른다.

허허벌판이었던 이곳, 성지의 끝이며 산과 산이 만나는 계곡, 이곳을 두고 마리오 보타는 말했다. "건축하기에는 조금 불리하지만 환경을 잘 극복하면 좋은 성당을 지을 수 있겠다." 어려움을 피하지 않고, 어려움을 더 큰 감동의 재료로 삼는 예술가가 있기에, 사람들은 자연의 품에 안긴 듯한 이곳에서 기도드릴 수 있게 되었다.

대성당 입장은 미사 때만 가능했다. 아쉬운 마음에 문가를 한참 서성였다. 집에 와서 EBS 다큐 〈신부님의 집은 어디인가요?〉를 찾아보았다. 대성당 실내를 비롯하여 드론으로 찍은 대성당의 윗부분, 직접 가서도 못 보고 온 성당 뒷면 등을 볼 수 있었다. 상공에서 본 대성당의 모습은 최첨단 우주선처럼 튼튼해 보였다.

보타에게 가장 중요한 재료는 빛이었다. 계절마다, 시간마다 달라지는 빛의 속성을 이해하고 빛의 체인을 만든다. 자연광과 간접 조명의 조화와 기도실 창의 모양 같은 것을 보니 빛이 단지 하나의 재료가 아니라는 것을 알겠다. 지금 이 원고를 쓰는 책상에 놓인 커피잔에 흐르는 빛, 커피를 마실 때의 변화, 그 곁의 어둠까지도 빛이라는 한 글자에 모두 담긴 것이다.

대성당 내의 십자가와 드로잉 성화는 조각가 줄리아노 반지의 작품이다. 성당을 지으면서 보타와 활발하게 소통했다고 하는데, 구조와 색감에서 그들의 교감이 느껴졌다. 드로잉 성화는 뒷모습을 가지고 있어 매우 특별했다.

미사에 참여하지 못한 우리는 다음을 기약하며 오르막길로 향했다. 흙 밟는 소리를 들으며 각자의 속도로 가는데 약간 숨이 찼다. 늘 손이 뜨거운 나는 옆에 있는 커다란 둥근 돌에 두 손을 얹었다.

"우리도 기도하자. 여기에 두 손을 얹는 건가 봐."

뒤에 오던 이소연 시인과 진이 내가 하던 동작을 따라서 했다.

"기도를 드린 건 아닌데, 이 돌은 뭐지?"

아까 숲길에 들어섰을 때부터 보이던 돌이었다. 돌 받침대에 천사 조각이 예뻐서 사진을 찍으면서도 이 돌들을 덤불과 함께 이어진 울타리라고만 생각했다. 우리를 지나치는 사람들이 돌 하나하나에 손을 얹고 가는 모습이 보였다. 묵상을 인도하는 기도문도 세워져 있었다. 그곳은 묵주기도 길이었다.

제1단

고통의 신비

예수님께서 우리를 위하여 피땀 흘리심을 묵상합시다.

십자가와 함께 문장이 적힌 묵주 알이 보였다. 내가 힘들 때마다 나를 성당에 데리고 가주는 친구 '에이미'는 언젠가 자신이 차고 있던 묵주 팔찌를 내게 끼워주었다.

"이거 에이미가 아끼는 거잖아요. 너무 고마워요."

에이미는 오히려 자신이 고맙다고 했다. 이후로 긴장되는 날이면 그 묵주 팔찌를 끼고 나간다. 에이미와 함께 이곳에 온다면 나도 멋진 묵주 팔찌를 선물할 수 있을 텐데.

　이소연 시인이 써야 하는 공간인 제부도에도 가야할 시간이었다. 꽤 널찍한 전망 공간이 나왔다. 그냥 지나칠까 하다가 궁금해서 전망대 모퉁이까지 걸어가 보았다. 그 거리에서 바라보는 대성당의 모습에 전율이 일었다. 오로지 신이 만든 하늘과 대지 아래 대성당만이 보였다. 그 순간 종소리가 들려왔다. 복잡한 마음을 다독여주는 박자, 새로움을 움트게 하는 멜로디, 종소리를 듣는 동안 감동이 차올라 입술에 힘이 들어갔다. 풍광은 사진으로 전달할 수 있지만, 종소리는 대체 어떻게 전달하지? 내가 저 구름과 나무와 대성당을 보고 있을 때 문득 들려온 종소리를 어떤 문장으로 써서 남기지? 고민은 잠시 미루고 휴대폰의 동영상 기능을 켰다. 꼭 같이 보고 싶어서 케빈에게 카톡으로 전송했다.

　그동안 나는 종의 고유한 모양은 좋아하지만, 종소리에는 애정이 없다고 생각했다. 추운 연말을 따스함으로 채울 수 있는 저 소리, 쉬어야 하는 시간을 알려주는 저 소리, 종소리는 내가 가장 좋아하는 소리 중 하나였구나. 이곳에서는 아침 8시부터 오후 6시까지 한 시간에 한 번씩 대성당의 종소리를 들을 수 있다고 한다. 직접 들을 수 있다면 좋겠지만 그럴 수 없다면 다큐멘터리 〈신부님의 집은 어디인가요?〉를 시청해도 된다.

남양성모성지 답사를 마치고 우리들은 제부도를 다녀왔다. 함께 다녀온 제부도에 대한 글은 신이 나서 이틀 만에 썼는데, 이 글을 쓰는 데는 몇 배의 시간이 들었다. 종교적으로, 역사적으로, 예술적으로 모든 중요한 의미를 지닌 장소라는 생각에 압도되어 머릿속이 하얘진 것이다.

일단 도서관에서 남양성모성지를 검색했다. 디지털 자료실에서 DVD 〈마리오 보타: 영혼을 위한 건축〉을 대여했다. 마지막으로 DVD플레이어를 사용한 것이 언제인지 기억나지 않았다. 아날로그 기기들의 달칵거리는 소리가 정겨웠다. 성지에 대해 찾아보면 찾아볼수록 궁금한 것이 계속 생겨 검색에만 열을 올리고 글을 쓰지 못했다. 그러다 어느 순간 갑자기 용기가 생겼다. 이렇게 좋은 곳이라면 다녀온 그대로만 써도 되겠다! 매일 같은 카페 같은 자리에 앉아 몇 문장씩 써내려갔다. 그랬더니 오늘은 카페 사장님이 쌀 과자를 내어주었다.

"덕분에 글을 완성했습니다."

크리스마스트리 아래 반짝이는 상자처럼 나에게 주어진 화성 남양성모성지. 그 선물 덕분에 어려움을 더 귀한 재료로 볼 줄 아는 용기가 내게도 조금 자라난 듯하다.

2 ——————— 어떻게 덜 좋아하지?

우리가 헛갈렸던 기적

경기 화성시 서신면 제부리

그렇게 제부도에 다녀왔다. 면적은 0.98제곱킬로미터. 가로와 세로로 20미터씩만 더 있었다면 1제곱킬로미터가 됐을 걸 생각하니 숫자가 외워져버렸다. 사람들은 자꾸만 다음엔 대부도에 가라며, 거기가 더 크고 가볼데가 많다고 했다. 제부도가 부족할 거 없이 좋았던 나는 사람들이 왜 자꾸 다른 곳을 이야기하는지 의아했다. 여기가 너무 좋았다고 하니까 근처도 권하는가 보다. 나는 제부도가 좋았다. 마치 얇아서 더 좋은 책처럼.

그러니까 이런 것이다. 근래 내가 읽은 책 중에 가장 좋았던 책은 클레어 키건의 《맡겨진 소녀》(다산책방, 2023)라는 소설이다. 이 책을 생각하면 우선 단정한 문장으로 표현한 소녀의 심리가 떠오른다. 소녀가 낯선 사람을 이해하는 방식, 다음 행동을 예상하는 말을 통해 독자는 소녀가 어떻게 살아왔는지는 잘 몰라도 그동안 부모의 날것 그대로인 감정에 노출되어왔음을 짐작할 수있다. 그리고 아름다운 문장과 장면이 이어진다. 아주머니와 물을 뜨러 가던 길, 소녀가 우편물을 가지러 갈 때마다 달리기 기록을 재는 아저씨, 감당하기 힘든 슬픔으로 걷고 또 걷던 해안, 마지막으로 소녀가 혼자 우물에 갔을 때의 일까지.

'소녀는 어떻게 집으로 돌아왔을까? 맞아, 그런 일을 겪으면 사실 어떻게 집으로 돌아왔는지는 기억이 안 나잖아. 잠깐, 소설의 내용이 내가 생각하는 것과 완전히 다를 수도 있겠어. 클레어 키건 진짜 소설을 잘 쓴다' 하고 이 책을 생각할 때마다 감탄한다. 소설이 짧은 덕분에 페이지를 휘리릭 넘기는 느낌으로, 소설의 일부가 아닌 전체를 회상할 수 있다. 다 기억하는가 하고 펼쳐보면 또 새로운 대화가 있고, 살짝 잊힐 것 같은 문장이 있고……. 너무 소중한 한 권의 책이다. 소녀가 대답하지 않은 질문에 다시금 먹먹해지고 소름이 돋는다.

볕이 따가워 소름이 돋는 9월, 제부도에 다녀왔다. 가을의 볕은 뜨거운데도 차가운 것처럼 소름이 돋는다. 제부도가 한 권의 책이라면 가장 먼저 펼쳐볼 페이지는 괭이갈매기가 나오는 대목이다. 탑재산 아래 '제비꼬리길'이라는 산책로의 초입이었다. 괭이갈매기 한 마리가 데크 울타리에 앉아 있었다. 제부도 에세이를 써야 하는 이소연 시인과 동행해준 친구 진은 탑재산에 오른다고 했다. 나는 다녀오라고 말하고 산책로에 남아 절벽에 부딪히는 파도를 사진으로 남겼다. 파도 소리가 잘 들리는 서쪽 바다에서 넓게 펼쳐진 하늘을 보고 있으니 저절로 크게 숨을 들이마시게 되었다. 땅의 크기가 아니라 하늘의 크기로 보면 제부도는 그 어디보다도 커다란 섬이다.

인적 없는 곳에 혼자 있으니 문득 무서워졌다. 식당이 많은 산책로 입구로 다시 돌아가려는데 갈매기를 본 것이다. 괭이갈매기는 고양이 소리를 낸다고 해서 붙여진 이름이며, 이곳의 터줏대감이라는 안내판의 글귀를 읽은 후였다. 소개에서 갈매기에 대한 은근한 애정이 느껴졌다. 한 시간 전쯤 해수욕장에서 돗자리를 깔고 누웠을 때 친구들에게 내가 쓴 시를 읽어주었는데, 제목을 읽자마자 근처의 괭이갈매기가 야옹야옹하고 소리를 냈다. 왠지 갈매기가 낭독회에 참석해준 것 같아 웃음이 터졌다. 그런 괭이갈매기가 내 키만 한 울타리에 앉아 있었다. 고개를 들어 올려다본 괭이갈매기는 생각보다 크고 아름다웠다. 흰색과 무채색으로 된 매끄러운 몸에 호박색 눈과 부리. 결정적으로 약간 바빠 보이는 표정이 귀여웠다. 내가 조금씩 다가가자 '설마 나한테 할 말이 있는 건가' 하는 기색으로 조금씩 각도를 틀더니 어느 순간 날

개를 펴고 모래사장으로 날아가버렸다. 나도 따라 모래사장으로 내려갔다. 파도가 부서지는 땅에 나뭇가지로 이름을 쓰고 있으니 얼마 있지 않아 친구들이 내려왔다. 나는 갈매기 덕분에 혼자 있는 게 무서운 적 없었던 사람처럼 씩씩하게 친구들을 맞았다.

지인이 제부도에서 식당을 한다고 하여 전화해봤는데, 제부도가 아니라 대부도에 있는 식당이라고 했다. 그때부터 사람들이 '헛갈림'에 대해 토로하기 시작했다. 제부도에 다녀왔다고 말하면 사람들은 자꾸만 "나 왜 거기 가본 것 같지?", "나 왜 거기 아는 것 같지?" 하는 갸웃거리는 표정을 한 후, "내가 간 데는 대부도야!" 하며 기억의 퍼즐을 맞추기 시작했다. 지인의 가게도 헛갈리는 내게 사람들은 안산인지 화성인지를 물어왔다. 포도가 너무 맛있는 거기가 그곳이 맞는지 들뜬 표정으로 물었다. 하루 다녀왔을 뿐인 내가 시원하게 답해줄 리 없었다. 다만 한 가지 확실한 것은 제부도는 화성시에 있다는 것이다.

제부도로 들어가는 바닷길, 환호가 절로 나왔다. 조심조심 줄지어 가는 차들도 신기하고, 길 양쪽 갯벌에서 뭔가를 줍는 사람들은 귀여웠다. 공중에는 케이블카가 지나다녔다. 이소연 시인은 쉬지 않고 사진을 찍으며 제부도의 풍광에 흠뻑 빠졌다.

"저 새 모양의 돌 보여요? 저건 누가 쌓았을까요? 누군가가 일부러 저렇게 올려둔 걸까요, 자연이 저렇게 깎아둔 걸까요?"

신기하게 쌓인 매바위의 돌을 보며 진이 나에게 물었다. 생각 끝에 대답했다.

"아마…… 갈매기가 만든 작품 같아요."

안내판은 매바위를 '시스택'이라고 알려주었다. 파도에 의한 침식작용이 활발한 해안가에 발달한다고 하는데, 나중에 지식 자랑을 하고 싶어서 자세히 읽어보았다. 서쪽 바다가 보이는 카페에서 망고빙수를 먹고, 바로 옆 가게에 저녁 식사를 하러 갔다. 이소연 시인은 일몰을 사진에 담고 싶어 했다. 요트가 지나가기만 해도 사진을 찍는다고 나갔다 왔다. 이소연이라는 사람은 정말 성실한 작가였다. 해가 지기만을 기다리며 느긋하게 밥을 먹고 있는데 점원분이 말했다.

"제부도 처음 오셨나요? 언제 가실 거예요?"

"밥 먹고요."

"바닷길 지금 막혔는데."

"길이 막힌다고요?"

몰랐다. 어쩐지, 자꾸 '제부도 물때 시간표 큐알코드' 안내판이 보였다. 그냥 해수욕장 이용에 참고하라고 알려주는 건 줄 알았다. 큐알코드를 찍어볼 생각은 안 하고 저 문장으로 시 써야지, 하는 생각만 했다. 제부도의 물때란 1, 2차 통행시간을 알려주는 표로 그 시간은 날마다 바뀌었다. 다행히 9시 18분에 다시 바닷길이 열리는 날이었다. "저희 못 나가는 거예요?" 하고 놀랄 때 두 사람의 표정이 더 놀 핑계가 생겨 오히려 좋아 보인 건, 나의 착각이겠지.

어두운 밤, 열린 바닷길로 나오면서 생각했다. 만약 우리가 조금만 늦게 도착했어도 낮의 제부도에 들어오지 못했겠네. 셋이 어렵게 시간을 냈는데 막힌 바닷길 앞에서 얼마나 망연했을까? 바닷길이 열리는 것을 '모세의 기적'이라고 부르던데, 우리는 제부도를 한 바퀴 다 돌면서 기적이 일어난 줄도 몰랐다. 밤하늘에는 케이블카가 멈춰 있었다.

"수영도 열심히 하고, 잘 챙겨 먹고 체력을 키워서 우리 더 멀리까지 가봅시다."

물때도 확인하지 않는 즉흥형 인간 셋이 미래의 계획을 세웠다. 생각보다 늦은 시간에 운전하게 된 친구가 졸리지 않도록 우리는 열심히 새롱거렸다.

달을 만질 수 있는 방법

서울 용산구 한강로 2·3가

'좋아하는 마음'이라는 건 뭘까? 어느 순간에 마음의 어느 부분에 무슨 일이 발생하여 생기는 걸까? 임지은 시인과 〈더 퍼스트 슬램덩크〉를 보기로 했다. 서로 사는 곳이 멀리 떨어져 있으므로 둘에게 모두 적당히 먼 곳, 서울 신용산역에서 만나기로 했다. 내 주변은 슬램덩크의 열기로 가득했다. 구독하는 팟캐스트마다 슬램덩크를 특집으로 다루었다.

"스포일러를 잔뜩 말할 테니, 듣기 싫은 사람은 지금 꺼라."

청취자들에게 방송을 끄라니……. 너무 좋아하는 나머지 애정하는 것에 대해 몇 시간이고 말하고 싶어 하는 진행자들이 행복해 보였다. 나는 끄지 않고 들었기 때문에 명대사, 캐릭터 인기 순위, 더빙판과 일본어판의 차이, 제작 과정에 대해 미리 알게 되었다.

《슬램덩크》는 어릴 때 재미있게 읽었다. 강백호와 서태웅이 좋으면서도 왠지 강백호와 서태웅을 좋아하고 싶지는 않은, 그런 종류의 혼란한 마음이 있다는 것을 그때 처음 배웠다. 고등학생이던 오빠는 집 적당한 곳에 직접 농구 골대를 설치했다. 지금 생각하면 고등학생에게 대단히 귀찮은 일이 아닐 수 없는데, 좋아하는 마음의 힘은 엄청난 것 같다.

한편으로 '좋아하고 있지 않은 상태'의 평온함을 좋아한다. 설거지를 말끔하게 끝내고 필요한 서류를 제출하고 감기를 조심하는 단조로운 생활을 바란다. 나는 어릴 때 이미 《슬램덩크》 연재가 끝나는 것을 일주일이나 울면서 충분히 아쉬워했다. 그 때문인지 성인이 된 지금, 주변 사람들의 계속되는 극장판 추천에도 그다지 동요하지 않았다. 그런데 케빈이 보고 싶다는 게 아닌가? 호주 사람이 영어 자막 없이 한국 더빙판을 보겠다는 말에 주저하지 않고 예매 창을 열었다.

영화가 끝났을 때 케빈은 들뜬 모습이었다. 학창 시절 농구 선수였는데, 경기 때 느꼈던 긴장감이 잘 담겨 있다고 했다. 나는 매너라고 생각해 영화의 엔딩크레디트가 올라갈 때 꾹 참고 끝까지 자리에 앉아 있곤 했지만, 이번에는 진심으로 즐겁게 엔딩크레디트를 다 보았다. 노래를 끝까지 듣고 싶었다. 집에 돌아와 유튜브에서 OST를 찾아보았다.

'이상하다. 이 곡이 내가 들었던 곡이 맞나? 다시 인해봐야겠는걸.' 좋아한다는 건 핑계를 만드는 일. OST도 확인할 겸 두 번째로 〈더 퍼스트 슬램덩크〉를 보려고 신용산에서 임지은 시인을 만난 것이다. 우선 점심을 먹기로 했다. 일요일의 고층 빌딩은 고요했다. 지도 앱에는 분명 지하상가에 있다고 나오는 식당을 찾지 못해 결국 전화 문의까지 해서 갈 수 있었다. 해장에 좋을 것 같은 얼큰한 스파게티를 먹었다. 용산역에 있는 영화관으로 가면서도 몇 번 길을 잃었다. 나 혼자서는 못 찾아갈 것 같은 5번 상영관에 늦지 않고 겨우 도착했다.

시작과 함께 등장인물 스케치가 펼쳐진다. 한 명 한 명 어느 정도 완성되면 인물들은 앞으로 걷기 시작한다. 정말 멋진 장면이다. 배경음악도, 스타일도. 송태섭, 서태웅…… 누가 먼저 그려졌더라? 확인하고 싶어서 다시 봐야 할 것 같다. 종이에 연필로 인물이 그려지는 모습은, 이 작품이 만화라는 장르임을 전면적으로 드러낸다. 그건 등장인물을 나와 같은 세계에 사는 것처럼 느끼게 하고 픽션의 세계에 깊이 빠져드는 데에는 도움이 안 될 것이다. 오히려 이 작품이 인간에 의해 창조된 것을 실감케 하며, 소질과 노력의 결과라는 데 감탄하게 하지 않을까? 시라는 장르에서도 시적 화자가 아니라 시인의 말이 직접 시에 개입할 때가 있다. 시의 제작 과정이 흥미롭게 담긴 '메타 시'를 읽을 때 이와 비슷한 세련됨을 느끼곤 한다.

"경기를 앞두고 긴장한 송태섭이 새벽에 조깅하던 것 생각나?"

케빈에게 물었다.

"그게 경기 전이었나?"

"전국 최고의 선수를 상대할 생각에 헛구역질도 하고 했던 거, 기억나?"

"장면은 기억나."

영화를 한 번 본 사람의 기억력 테스트를 하려는 것은 아니다. 송태섭에게 한나가 나타나 너 역시 훌륭한 선수임을 말해줄 때였다.

"그런 대화를 나눌 때 물웅덩이에 비친 달이 나오거든? 그 달에 나뭇잎 한 장이 살포시 내려앉아. 혹시 그 장면 기억나?"

나는 이 영화에 스토리에 불필요한, 그렇지만 감독이 공을 들인 부분을 강조하기 위해 자꾸 기억이 나느냐고 확인한 것이다.

"그런 장면이 있는 줄은 몰랐지만, 영화의 그런 점을 좋아해. 얼마 전 내가 본 영화에서도……."

이게 시가 아니면 뭘까. 달에 내려앉은 나뭇잎이 송태섭의 마음인지 아닌지, 그 마음이 달까지 닿을 수 있을지 궁금한 그 마음. 그때 나도 모르게 아, 〈더 퍼스트 슬램덩크〉를 좋아하게 되었구나, 깨달았다. 농구 만화에서 시를 읽은 것이다.

영화가 끝나고 임지은 시인과 산책도 할 겸 노들섬에 가기로 했다. 몇 해 전 '신중년 시 쓰기 강좌'를 진행하기 위해 신용산역을 몇 번이나 왔었기 때문에 도보로 노들섬에 가는 길을 알았다. 가는 길에 바람이 세차게 불었다. 임지은 시인은 감기에 걸리면 안 된다며 마스크를 끼자고 황급하게 말했다. 그렇게 강풍을 피해 코너를 돌다가 걷게 된 곳은 한강로3가. 그중에서 한강대로의 서쪽이었다. 처음 걸어보는 동네였다. 평범해 보였는데, 트렌디한 카페가 즐비했다. 여기도 '○리단길'이라는 별명이 있는 곳일까? 전시회에서 다음 작품을 궁금해하는 것처럼, 다음에 나올 카페가 궁금해서 골목을 더 걷자고 했다. 멀리 사는 친구들과 만날 때 여기를 약속 장소로 삼아야겠다 싶었다.

나는 강혜빈, 임지은, 한연희 이렇게 세 명의 시인과 동인 활동을 하고 있다. 시를 쓴다는 건 늘 외롭게 혼자 하는 일인 것 같지만 적어도 나에게는 그렇지 않다. 시집을 출간하는 과정까지의 수많은 궁금증과 고민을 나눠주는 사람, 내가 쓰는 시가 충분히 괜찮은지 읽어주는 사람이 있다. 팀의 리더인 채치수는 임지은 시인과 비슷한 것 같고, 불꽃 남자 정대만은 한연희 시인, 천재 서태웅은 강혜빈 시인, 그럼 나는 강백호? 아니면 송태섭? 아니면 권준호? 아니면……. 아무튼 우리 동인은 각자 엄청나게 멀리에 사는데, 다음에 만날 때는 여기서 보자고 할 생각이다.

한강 옆이라서 그런지, 봄바람이 원래 그런 건지, 거친 바람을 맞으면서도 임지은 시인과 나는 이야기에 빠져들었다. 농구는 아니지만 좋아하는 것에 대해 끝없이 이야기 나누었다. 음악을 하고 싶어 했던 임지은 시인, 만화가가 되고 싶었던 나. 내가 잘하는 것을 발견한 기쁨과 어떤 방식으로 전념했고, 지금은 그 열정을 어떻게 소화

하고 있는지도 이야기했다. 노들섬에 가 김밥을 먹고 다시 한강대로로 돌아와서도 나는 이야기를 더 듣고 싶었다. 벤치에 앉아 도심에 밤이 내려앉는 것을 보면서, 혼자서 바라볼 때는 너무 작고 이상해 보이기도 하는 '마음'이라는 것을 서로에게 표현해보면서 그것이 얼마나 특별하고 귀한 것인지 느꼈다. 그렇지만 체력의 한계로 급격히 피로가 오는 바람에 서둘러 집으로 향했다. 전철에서 임지은 시인에게 들은 말이 떠올랐다.

"시를 쓰는 게 정말 좋아."

"나도 마찬가지야."

언니도 나도, 시를 써서 정말 다행이다.

몰두하기, 그게 무엇이든

경기 화성시 석우동

지도 앱에서 '노작홍사용문학관'을 검색하면 독특한 도로가 나온다. 부채를 옆으로 잡은 것 같기도 하고 와이파이 아이콘을 세로로 눕혀놓은 것 같기도 하다. 반석산 근린공원을 반원 모양의 곡선으로 두르는 도로는 겹겹이 퍼져 나간다. 어떻게 이런 길이 가능한지, 실제로 살아보면 어떤 점이 편하고 어떤 점이 불편할지 궁금하다. 계획도시는 어디를 가나 비슷한 건물과 상가와 간판이 있다. 그래서 좋은 점도 많겠지만 이곳처럼 은행잎 모양의 도로를 가진 마을이 존재하기를, 그래서 이 세상이 좀 더 다채롭기를 바란다. 문학 행사에 초청받아 경기도 화성시 석우동에 가게 되었다. 흔히 이 지역을 동탄이라고 한다. 처음 가보는 동네이기 때문에 교통편도 검색할 겸 지도 앱을 한참 바라보았다.

"가면 선물 사와!"

나는 이소연 시인이 강연하러 갈 때마다 마치 해외여행이라도 떠나는 듯이 선물을 사 오라고 한다. 장난으로 하는 말인데 이소연 시인은 강릉에서는 안경집을, 하동에서는 비누를 사 왔다. 까다로운 나의 취향에 맞춤한 선물이었다. 이번 강연은 늦은 시간에 끝날 예정이라 우리는 문학관 앞 호텔을 예약했다. 1박 2일로 다녀오자니 화성이 여행지처럼 느껴지기도 해서 나는 이곳에서 어떤 선물을 살 수 있을지 상상했다.

가는길, 뒷좌석 차창 너머로 펼쳐지는 풍경을 유심히 살폈다. 넓은 하늘에는 뭉게구름이 가득하고 땅에는 푸르른 식물과 개울이 보여서 교외 느낌을 풍기는가 하면 공장 건물이 늘어서고, 예술 작품처럼 보이는 거대한 건물이 외따로 나타나 이곳의 분위기를 쉽게 파악할 수 없었다.

문학관에 도착했을 때, 주차장 옆 산책로 입구가 보였다. 나직하고 넓은 길이었지만 비를 머금은 짙은 구름이 자꾸 지나가기에 산책은 다음을 기약하기로 했다. 본관에 들어서자 제일 먼저 문예지《백조》창간호를 볼 수 있었다. 팻말에는 아래와 같이 적혀 있었다.

문예지

『백조白潮』창간호

노작선생 기획 제작 동인지

1922년

나 또한 동인 '분리수거'로 활동하고 있기에 '동인'이
라는 말에 이끌려 사진을 찍었다. 우리 동인은 낭독회나
프로젝트 활동을 꾸준히 하고 있다. 한 출판사로부터 동
인 시집을 제안받았는데 네 사람이 그리고 있는 상이 너
무 달라 고민만 하고 있다. 그런데 다름 아닌 동인지가
문학관에 입장하는 사람들을 제일 먼저 맞아주는 모습
을 보니 분리수거의 동인지도 꿈꿔보게 되었다. 이후에
도 자꾸 사진을 꺼내 보며 표지도 유심히 바라보았다.

'백조'라는 이름은 '창작의 파도가 홍수처럼 몰려오
는 것'을 뜻한다고 한다. 동음이의어일 뿐이지만 호수
에 사는 우아한 새의 이미지를 띄우는 이 단어가 마음에
든다. 외우기도 쉽다. 표지 그림에는 한 사람이 있다. 눈
을 감고 뭔가에 몰두한 표정이다. 이 사람에게 창작의 파
도가 몰려오는 듯하다. 머리 스타일은 낯설고, 상의며 주
름치마며 어떤 인물이 입을 만한 옷인지도 잘 모르겠다.
그렇지만 지금 시대에 입어도 될 만한 세련된 착장이다.
파도치는 바닷가를 걷고 있는 듯한데, 배경이 도자기 모
양으로 처리되어 있다. 사람 그림이 그려진 도자기를 그
린 것일 수도 있고, 무언가에 갇힌 사람을 의미하는 것

같기도 하다.

문학관에서 요즘 발행하고 있는 문예지 《백조》 2023년 여름호를 선물로 받았다. 거기에 수록된 최현식 평론가의 글은 생성형 AI를 구체적으로 활용한 예시를 보여주면서, 이 기술을 공정하고 효과적으로 활용하기 위한 덕목을 논의하고 있었다.

가령 "1920년대 초반 한국에서 발행된 문학 잡지 《백조白潮》의 문학사적 가치에 대해 알아보자" 같은 질문을 했을 때 나오는 답변을 보여주는 식이었다. 이어서 저자는 누락된 정보를 알려주기도 하고, 문학사적 평가를 바로잡기도 했다. 한 문예지의 역사를 이런 과정을 통해 읽은 것은 처음이었다. 먼 과거의 책을 최첨단의 방식으로 알게 된 것이다.

2층에는 커피를 마실 수 있는 공간이 마련되어 있었는데, 좋아하는 작가들의 신간이 많아 즐겁게 서가를 구경했다. 그곳에 따로 1층으로 가는 계단이 있어 몹시 마음에 들었다. 대화도 조용히 나눠야 하는 도서관이었지만 어린아이들에게는 숨바꼭질의 천국으로 보일지도.

강연 시간까지 아직 여유가 있었기에 우리는 숙소에

체크인을 하러 갔다. 로비 소파에 앉아 외국의 뉴스를 구경하고 있었는데 이소연 시인의 '악!' 하고 놀라는 소리가 들려왔다. 숙소 예약을 지난 일요일 날짜로 했다는 것이었다. 믿을 수 없어서 웃음만 나왔다. 직원에게 도와달라고 했지만, 방법이 없다고 했다.

"이런 추억이 제일 오래 생각나는 거 알지? 또 여행의 에피소드가 생겼어."

우리는 피곤하더라도 강연을 마치고 그냥 집에 가는 대안을 생각해보기도 했지만, 빠르게 현실을 받아들이고 단 하나 남아 있다는 방을 결제했다.

"좋은 방을 주셨네! 뷰가 너무 멋져!"

나는 일부러 호들갑을 떨어보았지만, 이전에 이 호텔을 와봤다는 이소연은 거의 들리지 않는 목소리로 중얼거렸다.

"뷰가 안 좋은 편이야……."

어떻게 텐션을 끌어올린담. 짐을 풀고 동네 구경을 가자고 했다. 저렴한 여름 티셔츠라도 하나 산다면 이 울분도 사라질 것이다. 피곤한 몸을 이끌고 한참을 걸어서 나타난 옷 가게마저 모두 휴무였다.

"분명 OPEN이라고 쓰여 있는데……."

그 옆에 어쩐지 활기로 가득 찬 주류 판매점이 있어 들어갔다. 다양한 가격대의 지역 대표 주류가 진열되어 있었다.

"문경 명인만이 이 모양의 병을 사용할 수 있고요, 이 술의 영향을 받은 것이 바로 이……."

판매원의 설명이 재미있어서 우리는 예약 실수의 쓰디쓴 기분을 잠시 잊을 수 있었다. 우리를 초대해준 김승일 시인에게 선물할 유자술을 한 병 샀다.

나는 다래끼로 눈이 아프고, 날씨는 찌뿌둥하고, 친구는 자꾸만 숙소비가 아까워서 한숨을 푹푹 쉬고……. 하지만 한 라디오 방송에서 내 시를 낭독할 예정이라는 연락이 왔고, 새로운 일거리도 맡게 되었다. 따뜻한 저녁 식사 덕분에 차츰 기분은 나아졌다. 시간에 맞춰 강연장에 들어섰을 때 기대 가득한 눈빛으로 맞아주는 참가자들의 표정을 보니, 꿀꿀한 기분은 완전히 사라졌다. 김승일 시인이 기획한 행사 '문학의 소리를 입히다'가 시작되고, 우리는 최고의 낭독을 들려드릴 수 있도록 온 힘을 다해 집중했다. 귀한 걸음 해준 분들을 위해 문학과 예술에 대한 이야기를 성의껏 나누다 보니 다른 생각은 조금도 끼어들지 않았고 어느새 나는 최고의 컨디션이 되어 있었다.

예정 시간보다 30분 늦게 강연을 마치고 숙소로 돌아왔다. 일을 마치고 마시는 캔 맥주, 햇감자 칩, 새벽 3시까지 나누는 사소하고도 정겨운 대화……. 어느덧 눈꺼풀이 무거워 잠을 청하려 했을 때, 이소연 시인은 팟캐스트에 오늘 여행 이야기를 추가하고 싶다며 스마트폰 녹음 버튼을 눌렀다. 나는 눈을 감은 채로 하루에 있었던 이야기를 16분이나 떠들었다. 무슨 말을 했는지 도무지 기억이 안 난다. 그렇지만 녹음 버튼을 누르면 없던 집중력이 다시 생기고 그렇게 재미있는 대화에 몰두하게 된다.

마이클 조던 씨, 시를 써주세요

서울 송파구 방이동

〈마이클 조던: 더 라스트 댄스〉는 제목 그대로 농구 선수 마이클 조던을 조명하는 다큐멘터리 시리즈인데, 일주일에 두 편 정도 보며 정주행했다. 천재의 화려한 슈팅을 보고 싶었다. 드라마틱하게 이긴 경기를 보고 싶었다. 어떻게 컨디션을 유지하는지, 혹시 천재가 된 비법 같은 게 있는지 궁금했다. 그러나 그런 건 별로 나오지 않았다. 대신 구단에서 어떤 사람과 서로 싫어했는지가 많이 나왔다.

'저런, 이 세상에 마이클 조던으로 태어났는데도, 여러 가지 고민이 많았네……. 그래도 이제부턴 농구가 나오겠지.'

농구 안 나온다. 나오긴 나오지만 삶의 굴곡을 보여주는 단면으로 살짝 비칠 뿐이고, 그것도 너무 짧게 나와 선수들이 어떻게 농구를 하는지 감상하기는 힘들었다. 대신 미국의 전임 대통령이 둘이나 나온다. 유명한 래퍼도 나온다. 그들은 당시 마이클 조던이라는 존재가 자신에게 어떤 의미였는지 회상하며 인터뷰한다. 스포츠 다큐멘터리는 원래 이런 건가, 하면서 보니까 나름 재미를 찾았다. 사람들은 전설이 된 농구 선수에게 이런 걸 궁금해하는구나! 경기나 숏 장면으로 구성된 콘텐츠는 이미 많으니까, 아직 못 본 영상들을 보여주는 것이 더 의미 있는 것일까? 지금의 조던이 어떻게 사는지 알고 싶은 것일까?

스포츠인을 보는 현대인의 시선을 더 깊이 파헤쳐보기 위해, 서울 송파구 방이동 올림픽 공원으로 향한······ 것은 아니고, 친한 선배인 유현아 시인이 '소마미술관' 초대권이 있다고 해서 올림픽 공원에 갔다. 무료 관람도 좋지만, 사는 곳에서 꽤 멀리 있어서 진짜로 가게 될지 반신반의했다. 연휴마다 비 소식이 있어 온 세상이 침울하게 느껴졌고, 전시라는 활동은 너무 정적이기에 오히려 인삼이나 고기 같은 것을 먹고서야 갈 수 있을 것 같았다. 다만 소마미술관을 가봤다는 사람들은 다들 몹시 좋았다고 했다. 이소연 시인의 결정력과 추진력 덕분에 부처님 오신 날의 대체 휴일인 월요일에, 우리 셋은 송파구로 나섰다.

"길이 진짜 넓어! 마음까지 트이는 느낌이야."

"구름 좀 봐! 너무 예쁘지."

먼 거리에 대한 걱정이 무색하게 유현아 시인의 차

를 얻어 타고선 신이 났다. 쉬는 시간에 매점에 가는 기분? 누가 나에게 어떤 날씨를 좋아하냐고 묻는다면 '비가 온다고 하고서 안 오는 날'이라고 답하고 싶다.

"주차비가 너무 비싸."

"얼만데요?"

"600원. 한 시간이면 6,000원이야!"

"10분에 600원이요?"

"응."

"그럼 한 시간이면 3,600원……육육에 삼십육……."

"아……."

수학 천재의 허술한 모습을 보게 되다니. 평소 완벽한 모습만 보던 사람의 실수를 목격할 때 보드라운 사랑이 샘솟는 것은 왜일까? 주차를 잘 마무리하고 우리는 2관 전시실을 찾아갔다.

봄의 나무들은 연한 잎들의 명도를 최대치로 하고 우리를 맞아주었다. 봄꽃도 제대로 못 보고 지나간 사람더러 봄 잎 좀 보러 나오세요! 외치는 듯 생기가 가득했다. 스치듯 봐도 공원 곳곳이 정교하고 신중하게 디자인된 것을 알 수 있었다. 자주 와서 이 동네와 친해지고 싶었다.

우리가 볼 전시 제목은 'flop: 규칙과 반칙의 변증법'
으로 '스포츠아트 기획 공모' 당선작이었다. 관객이 역동
적으로 움직이며 감상할 수 있게 설치되어 있었다. 안내
글부터가 몸과 정신을 움직이고 싶게 만들었다. "주어진
규칙의 한계를 실험하면서 발생하는 복잡한 역학에 주
목한" 모든 작품이 흥미로웠다. 1968년 딕 포스베리라
는 높이뛰기 선수가 몸을 뒤집어 뛰는 '배면뛰기'를 시도
했다. 이후 높이뛰기 종목에서 다들 지금처럼 뛰게 되었
다. 그는 게임의 방식을 바꿔버린 것이다. 하지만 어떤
도전은 반칙으로 받아들여진다.

어떤 시도가 추앙받는 신기술이 되고 어떤 시도가
반칙이 되는 걸까? 배드민턴에서 '스핀 서브'를 금지하
기로 결정했다는 뉴스를 본 적 있다. 최고의 선수조차 받
아치기 힘든 서브는 경기 자체를 재미없게 만든다는 이
유였다. 만약 주특기가 '스핀 서브'인 사람은 어떤 심정
일지? 하나의 공식 종목 안에서도 새로운 규칙이 생기
고 사라진다. 절대적인 룰은 없다. 하지만 합의한 규칙
아래에서 좋은 성적을 거두면 그 성취감은 매우 클 것이

다. 유연한 태도를 갖고 싶다. 엉뚱한 아이디어를 생각해 내는 삶을 살고 싶다. 이미 있는 규칙 안에서도 훌륭하게 무언가를 해내고 싶다.

난 게임을 좋아한다. 승부욕이 강해서 언제나 이기고 싶다. 하지만 우리가 프로 선수가 아닌 이상 함께하는 사람들과 추억을 쌓는 것이 게임의 우선 목적일 것이다. 나는 이기고 싶은 마음을 통제할 수 있는가? 그렇다고 생각했는데 돌이켜보니 게임을 갑자기 중지한 적이 종종 있다. 누군가 원치 않는 조언을 해서 안 하겠다고 하고, 갑자기 없던 룰이 생겨서 방으로 들어가고, 느닷없이 눈물을 터뜨리고……. 심지어 이런 좌절도 있다. 나는 친척들과 고스톱 치는 것을 좋아하는데, 대부분 진다. 한두 번은 괜찮은데, 져도 너무 계속 진다.

"어떻게 이렇게 못 치냐?"

한번은 사촌 오빠가 져주려고 노력했는데 내가 또 지니까, 이기고도 슬퍼하는 것이었다. 소중한 사람들, 잃고 싶지 않은 사람들, 중요한 사람들과는 게임을 안 하는 게 좋지 않을까 싶기도 하다.

하지만 전혀 다른 방식의 게임도 있다. 책방 지구불

시착에서는 가끔 '탁구 치고 시 쓰기' 모임을 한다. 정작 탁구 칠 때 점수를 매기는 사람은 아무도 없다. 앞서 등장한 책방 유령님은 드라이브나 커트 같은 기술을 부릴 줄 아는 사람이지만 서브를 넣다가 모서리에 채를 부딪혀 모두를 웃길 줄 아는 사람이기도 하다. 탁구를 쳐본 적 없는 이소연 시인은 다른 이들은 보통 어려워하는 백핸드로만 공을 쳐서 은근히 재밌다. 책방 사장님이 특훈에 들어간 기법은 '공을 놓친 것 같은 동작을 한 후에 치기'로서 농구로 치자면 페이크 같은 것일 텐데 다들 웃다가 쓰러질 정도로 이상한 동작이다. 그러다 결국 우리도 점수를 매기기로 했다. 웃긴 사람 1점, 너무 웃긴 사람 2점.

조희수의 작품 〈철인 3종 경기〉는 스포츠 중계를 통해 재현되는 선수의 몸은 공적인 사건처럼 보이지만, 신체는 그 자체로 가장 사적인 영역이라는 걸 보여준다. 기록, 승부, 결과 같은 단어는 스포츠를 수행하는 선수가 사람임을 잊어버리게 만든다. 이 작품을 보는 동안 유명한 선수들의 일상을 그려보게 되었다. 배가 고플 땐 짜증이 나고, 전날 애인과 다퉜을지도 모를, 스포츠 외의 일들에도 다양한 결정을 내리며, 자신만의 작은 목표를 향해 조금씩 노력하고 있는…… 우리와 마찬가지인 사람의 하루.

다시 〈마이클 조던: 더 라스트 댄스〉으로 돌아가, 나는 한 명의 사람으로서 마이클 조던의 이야기를 듣는다. 졌다는 이유로 게임이 끝나기도 전에 퇴장해버린 상대편을 이야기하며 수년 전의 일에 아직도 기분 나빠하는 표정, 너무 많은 카메라에 구석으로 밀려나 인터뷰해야 하는 스타의 삶, 중요한 팀원이 경기에 빠졌을 때 그가 없이도 어떻게든 이기기 위해 노력하는 모습.

"멋진 시가 되겠어요."

나는 화면 속 마이클 조던에게도 시를 쓰자고 속으로 말한다. 아주 구체적이고 생생한 문장의 시를 써줄 것 같다.

전시를 다 보고 나온 우리 셋은 근처 식당으로 갔다. 주차비를 걱정하며 가장 가까운 식당을 찾았다. 태국보다 맛있다는 태국 음식점이 있었지만, 줄을 서야 했기에 다른 식당으로 향했다. 맞은편 한성백제박물관에는 〈백제와 만나다II -대가야〉 전시 포스터가 크게 걸려 있었다.

"저곳에 가고 싶어요!"

유현아, 이소연 시인은 의아해했다.

"저는 김해김씨로서 시조가 김수로왕이라 가야라면 관심이 많아요. 높은 수준의 문화가 발달한 곳이랍니다."

가야 부심을 드러내며 내가 말하자 두 사람은 그렇다면 같이 가주겠다고 했다. 그러나 박물관은 휴무였다. 다시 올 핑계가 생겼다. 한 사람의 세계는 늘 상상을 초월할 정도로 고유하다. 한국에서 가장 흔한 성인 김해김씨라는 이유로 저 전시를 이렇게나 보고 싶어 하다니. 집으로 돌아가는 길, 마이클 조던은 '어디 조던 씨'일지 궁금해졌다.

가고 싶은 곳을 남겨두다

경기 남양주시 양서면

시집을 내는 동안 편집자와 여러 차례 메일을 주고받았다. 편집자는 글을 다루는 일을 하는 만큼 일상의 문장에도 민감하겠지, 하는 생각에 아무래도 마음이 쓰였다. 정겹게 썼다가 지우고 소소한 근황도 썼다가 지우고 최대한 담백하고 간단히 메일을 작성했다. 보내기 버튼을 누른 후 내가 쓴 메일을 다시 읽어보았더니,

"선생님, 연휴가 많은 5월이네요. 지내고 계신가요?"

수정하다가 '잘'이 삭제된 것이다. 발송 취소를 하려고 했지만, 이미 수신확인이 되어 있었다. 편집자는 언제나 빠르게 메일을 확인한다. 그리고 나는 그에게 허술한 사람치고는 분명한 사람으로 보이고 싶은 마음이 있다.

"연휴가 많은 5월이네요. 지내고 계신가요?" '잘'이 없는 '지내다'가 이렇게 어색할 줄이야. '어떻게' 없는 지내다가 이렇게 외로울 줄이야. 매일 오탈자를 발견하는 편집자를 괴롭힌 것 같아 부끄러웠다. 하지만 은근히 웃기기도 해서 '지내고 계신가요?' 하고 중얼거리며 몇 번피식 했다. 지내고 계신가요? 차례를…… 지내고 계신가요? 장관을…… 지내셨나요? 사이 좋게……. 그런데 이후에 또 비슷한 실수를 했다. 잘하려는 마음이 클수록 오

히려 이상하게 행동하게 되는 게 참 얄궂다.

출간을 앞두고 긴장한 탓도 있을 것이다. 가까운 곳에 가 자연을 보고 오면 좀 나을 것 같았다. 케빈이 같이 가고 싶다고 말한 적 있는 '봉안터널'을 다녀오기로 했다. 연휴가 많은 5월이니까. 지내면 좋으니까, 자연을 충분히 보면서.

내가 가고 싶은 곳을 가는 것과 다른 사람이 가고 싶은 곳을 가는 것 중에 어느 편을 선호하는지 생각해봤다. 전자가 자발적이고 멋진 이미지 같은데 정작 내가 즐거웠던 여행은 대부분 누가 가자는 곳을 간 경우였다. 나는 어디를 가도 쉽게 감동하고, 불만 없이 잘 따라다닌다. 세상에, 이 사실을 이제야 깨닫다니.

지난여름 봉안터널에 간 적이 있다. 그땐 터널의 이름도 몰랐다. 케빈이 지인과 자전거를 타러 갔다가 댐도 보고 터널도 보고 이제는 기차가 다니지 않는 폐역을 봤다고 했다. 내가 실망하진 않을지 걱정하며 케빈은 지도 앱을 켜고 앞장섰다. 경의중앙선을 타고 가다 보니, 목적지 가까이에 양수리라는 지명이 보였다. 책방에서 알게 된 작가님이 활동하는 곳이고, 친구들이 가봤다고 자랑한 서점도 근처에 있었다. 계획을 조금 수정해 양수역에서 내렸다. 자전거를 대여할지 걸을지 고민하다가 처음 와본 곳을 찬찬히 보고 싶은 마음에 걷기로 했다. 궁금한 가게가 보이면 불쑥 들어가 볼 수 있도록.

양수리는 팻말의 섬이었다. 어디로 가야 할지 궁금할 때마다 '왼쪽으로 가시오' 같은 내용의 커다란 팻말이 나타나 길을 알려주었다. 연잎으로 만든 핫도그를 먹고 '두물머리'에 도착했는데 이곳은 유튜브에서 자주 봤던 곳이었다. 강과 강이 만나는 풍경은 화면보다 훨씬 장관이었다. 멀리 보이는 작은 섬의 이름을 궁금해하며 한동안 앉아 있었다. 폐에 시원한 공기가 차오르는 기분이 들었다. 연잎의 효능인 걸까? 돌아가는 길에는 사람들이 드문 운길산역으로 걸었다. 섬의 동쪽과 달리 한적했다. 멀리 보이는 사람들이 슬로모션으로 움직이는 것 같았고, 이유는 모르겠지만 약간 영국 시대물 영화의 한 장면에 들어온 듯했다. 숲을 걷다가 편의점에서 사 온 찐 계란을 꺼내 먹었다. 계란을 다 먹었을 즈음에야 소금이 있었다는 걸 알고 아쉬워했다. 양수대교를 건너자 언덕길이 자꾸 나타났다. 자전거를 대여한 사람들은 짜증을 내기도 하고 웃음을 터뜨리기도 하면서 오르막길에서 자전거를 밀었다. 양수리의 매력에 빠지는 바람에 그날은 봉안터널의 근처도 가지 못한 채 집으로 돌아왔다.

다음번 여행에서는 팔당역에서 내렸다. 터널을 꼭 가볼 수 있도록 일정에 개입하지 말아야지 싶었다. 팔당역 앞에는 커다란 관광안내도가 있었다. 갈 곳이 정말 많았다. 특히 '다산생태공원'과 '정약용유적지'가 눈에 띄었다. 정약용이라면 존경심을 넘어 약간의 팬심이 있는데. 웹툰 〈조선왕조실톡〉 244화에서 민생에 도움이 될 방대한 자료를 집대성하는 모습이 압권이었다.

지구불시착 사장님은 정약용을 '독립출판의 왕'이라고 표현했다. 몇 편 알지 못하지만, 시도 정말 좋았다. 다채로운 주제와 담담한 말투가 내 스타일이었다. 돌아오는 길에 다산생태공원을 방문하게 된다면 정약용 시집을 사서 읽어보기로 했다. 공원이 역에서 몇 킬로미터 떨어졌는지 정도는 검색해볼 수도 있겠지만, 직접 걸어 파악하고 싶었다. 무엇보다 오늘의 목적지는 봉안터널, 자칫했다간 또 못 갈지도 모른다.

팔당역 앞은 도로 공사가 한창이었고, 여러 종류의 길이 특이한 각도로 뻗어 있었다. 자전거 대여점을 지나면 또다시 자전거 대여점이 나타났다. 그럴 땐 자전거를 대여하는 게 맞을 것이다. 하지만 우리는 걷기로 했다. 나쁘지는 않았다. 나는 새로 산 마라톤화를 신은 채였고, 팔당댐 경치도 멋졌다. 다만, 앞뒤로 계속 자전거를 탄 사람들이 지나가서 긴장을 풀 수 없었다. 자동차 소음과 댐에서 쏟아지는 소리가 헛갈릴 만큼 그리 조용한 산책로는 아니었다.

며칠째 비가 내린 다음 날이라 댐에서 물이 콸콸 흘러나왔다. 물결은 국자로 젓는 카레처럼 특이한 무늬를 만들며 흐르고 있었다. 잠수를 잘하는 새가 물속에 들어가 한참 뒤에 저 멀리서 나타나는 것을 구경했다. 《새를 기다리는 사람》(김재환, 문학동네, 2017)의 첫 번째 챕터가 다름 아닌 여기였지! 책을 읽으면서 한 번쯤 가보고 싶다고 생각했다. 나도 일부러 새를 보러 온 사람처럼, 새의 이름을 맞혀보려고 했다. 하지만 부리가 노랗고 온몸이 까맣다는 것밖에 힌트가 없었다. 오리보다는 목이 길고, 왜가리보다는 짧은 편. 그리고 똑같이 생긴 새들이

댐 한쪽에 많이 몰려 있었다. (이 정도 단서로 무슨 새인지 알아낼 사람이 있을까?) 책에서는 탐조가들도 헛갈릴 정도로 닮은 새들이 있다고 했다. 희귀한 새를 보면 그날을 대단히 특별한 날로 여겼다고도 한다. 나 또한 모르는 새를 한참 보고 있었으니 대단히 특별한 날을 보낸 건지도.

언젠가 한국의 강을 담은 다큐멘터리를 본 적이 있다. 아름다운 강들을 카메라로 따라가며 어디까지 흐르는지, 어느 강과 만나는지, 옛날엔 어떻게 배를 타고 다녔는지 하는 내용을 담은 콘텐츠였다. 아마도 드론 카메라가 있어 만들 수 있었을 것이다. 어떤 주제를 담고 싶어서 작품을 만드는 게 아니라, 테크닉을 쓸 수 있기에 만드는 콘텐츠들이 흥미롭다. 지금 내가 걷고 있는 길 또한 드론으로 내려다보면 완전히 다르게 느껴질 것이다. 시를 쓸 때 주어진 첨단의 조건은 뭐가 있을지 생각하다 보니 드디어 봉안터널에 도착했다. 케빈은 터널에 진입했을 때 달라지는 온도며 냄새, 터널의 높이까지 강조하면서 나에게도 터널이 좋은지 물었다. 나는 터널을 빠져나올 때 쏟아지는 초록 풍경이 좋다고 했다. 댐의 영향으로 평소와 다른 주제의 이야기를 나누었다. 수자원이 풍부한 캐나다와 그렇지 못한 호주, 물이 많이 나오는 SF 작품들……. 잘 걷고 있었는데 왼쪽 발이 아파오기 시작했다. 물집이 잡힌 것이다. 마라톤화를 신었지만, 꽃 자수가 들어가 귀여운 양말을 신은 것이 문제였다.

아쉽지만 다산생태공원은 다음을 기약한 채 지도 앱에서 역으로 돌아갈 방법을 찾아보았다. 의문의 버스가 있었다. '땡큐 59-3'. 낯설게도 번호뿐 아니라 땡큐까지 버스의 이름이었다. 배차 간격도 맞지 않아 우리는 그냥 천천히 걸어서 팔당역으로 돌아가기로 했다. 역에 거의 도착했을 때 땡큐 버스가 지나갔다. 이럴 수가! 너무 예쁘게 생긴 버스잖아. 기다려서 한번 타 볼걸.

다시 올 수밖에 없겠네. 다산생태공원도, 땡큐버스도 남겨두고 집으로 왔다. 자전거도 타고 막국수도 먹어야지. 다음을 위해 좋은 것들을 남겨둔 것 같아 든든했다. 그날을 기다리며 정약용의 〈보리타작〉을 읽고 또 읽으며, 지내고 있다.

평균적으로 가장 가까운

경기 파주시 문발동

검색창에 문장을 반쯤 적는다. 지구에서 가장. 자동 완성으로 뜨는 첫 번째 문장을 누른다. "지구에서 가장 가까운 행성은?" 검색 결과, 초등 과학 5-1 학습 백과에서 금성이라고 알려준다. 바로 아래 "금성 아닌 수성"이라는 제목의 뉴스 기사들이 이어진다. 새로운 측정 방법을 설명하며 지구와 '평균적으로 가장 가까이' 있는 행성은 수성으로 봐야 한다는 것이다. SNS에서 보고 흥미롭다고 생각한 정보라서 글로 쓰기 전에 확인해봤다. 유재석 씨가 백만 원을 준다며 퀴즈로 낼지도 모르니까 답을 외워두고 싶은데, "기준에 따라 금성도 되고 수성도 됩니다"라고 하면 정답이라고 해주실지? 수성이라고 대답하면 트렌디해 보일 수는 있겠지만 지금 성실하게 공부하는 5학년 학생들에게는 미안한데……. 이렇게 지구에 훅 다가온 수성처럼 나에게 친근해진 곳이 있다. 그곳은 바로 경기도 파주시 문발동.

파주에 처음 가본 것은 서울 은평구에 살 때였다. 은평구에 살아서 가장 좋았던 점은 파주에 사는 친구 N과 훨씬 자주 만날 수 있다는 점이었다. 서울 중에서는 은평구가 파주 근처라고 할 수 있으니 심리적으로 가까웠다.

중간에는 일산이라는 멋진 신도시도 있었다. 은평구에 살기 전에는 적어도 한 달 전에 서로의 휴일을 맞춰봐야 했지만, 그때는 훨씬 낭만적인 말을 건넬 수 있었다.

"오늘 뭐 해?"

바쁘다 바빠 현대 사회에서 당일에 갑자기 만나는 건 힘들 줄 알면서도 나는 이 말 자체가 좋아서 괜히 물어보곤 했었다.

파주의 친구 집에서 베이킹을 했다. 적성 검사에서 요리 부문 0점이 나온 나는 아무런 도움이 되지 못했다. 그래도 선연한 기억이 있다. 어제 발효해둔 반죽, 말로 표현할 수 없이 맛있는 빵 익는 냄새, 부엌을 활보하는 친구의 멋진 모습 같은 것들이다. 책으로 둘러싸인 다락방에서 우리가 만든…… 아니, N이 만든 빵에 홍차를 곁들였다. 동네 산책을 위해 갔던 곳은 '교하중앙공원'이란 곳이었다. 세계 일곱 나라 스타일의 정원이 아담하게 조성되어 있었다. 몇 가지 자재만으로 만든 듯했는데, 그 자재가 극히 한국적이어서 묘한 느낌의 K-세계 정원이 됐다. 그래도 상상력을 자극하는 테마 덕분에 해외여행이라도 온 것처럼 우리는 연신 사진을 찍었다. 프랑스 조각 옆에서는 여신 포즈를 따라 했고, 두꺼비 조각 옆에서 두꺼비 표정을 따라 했다. 공원 옆으로 난 산길을 한참 걷다가, 현대적인 건물이 줄지어 있는 마을을 발견했다. "저기가 파주출판단지야." N이 말해주었다. 상상보다 더 멋지네. 소설가가 되고 싶은 내가 응모작을 보내는 그곳. 봉투의 '받는 사람'에 자주 적던 경기도 파주시 문발동. 아련한 기분이 되어, 멀리 세상에서 가장 예쁜 마을을 바라보았다.

그리고 시간이 지난 어느 여름날, 처음으로 출판단지에 가게 되었다. 이소연 시인의 시집 《거의 모든 기쁨》(도서출판 아시아, 2022)의 저자 스케줄에 매니저의 역할로 따라나선 것이다. 홍보용으로나 감사의 마음으로 보낼 책에 서명을 하러 출판사에 갔다. 서명은 심적으로 꽤 부담스러운 일이기에 누가 옆에 있으면 좋다. 택시에서 내려 출판사 앞에 섰을 때, 다시 한번 파주에 반하고 말았다. 잎이 무성한 나무들 곁에 세련된 건물, 옆에 더 세련된 건물⋯⋯. 실제로 와보니 더 좋네. 여기에서 일하시는 분들에게는 그저 직장, 그냥 일터라는 이야기를 들었지만, 여기서 일하지 않아서 그런지 나는 다른 세상, 다른 나라의 도시에 온 기분이었다.

편집자는 땀을 흘리며 책 한 상자를 안고 카페로 왔다. 상자를 열었을 때, 책의 물성을 갖고 세상에 나온 《거의 모든 기쁨》을 처음으로 봤다. 찬찬히 책을 살피는 이소연 시인의 모습이 느린 화면처럼 보였다. 이 한 권의 책이 나오기까지 얼마나 많은 수고가 드는지 알기에 눈물이 고일 것 같았다. 이소연 시인은 한 글자 한 글자에 정성을 담아 서명했다. "앗! 글자 틀렸어." 혹시 같은 성을 가진 다른 분께 드릴 수 있을지 목록을 봤지만 흔치 않은 성이라 그러지도 못했다. "실수한 걸 더 특별하게 생각하는 분들도 있대." "그럼 그걸 나한테 증정해." 실수할 때마다 매니저인 나는 해결 방법을 제시하거나 웃긴 말로 긴장을 풀어주었다. 조명이 예쁜 자리에서 소중한 이 순간을 사진에 담는 것도 잊지 않았다.

식사를 위해 커다란 아울렛 건물로 향했다. 이 쇼핑센터의 가장 풍부한 자원은 땅이 아닐까? 사방이 막힘없이 시원한 풍경 속을 쾌적하게 걷노라니, 요리만큼 쇼핑에도 재능이 없는 나 같은 사람도 필요한 물건을 잘 살 수 있을 것 같은 자신감이 생겼다. 지인에게 선물할 스마트폰 가방을 구매했다. "너무 좋은 가격이야. 교통비를 벌고도 남아." 이소연 시인의 말에 뿌듯한 마음으로 집에 왔다.

내 시집 《여름 외투》가 나왔을 때 다시 파주에 갔다. 또다시 여름이었고, 또다시 이소연 시인이 동행해주었다. 시집의 발문을 써주었기 때문에 같이 가기에 더 좋았다. 편집자와 처음으로 인사를 나누었다. 반년 동안 내가 쓴 시를 나보다 더 세심히 봐주고 아름다운 책으로 만들어준 분이다. 후광이 비쳐서 혹시 날개가 있는 건 아닌지 등을 확인해보았다. 없었다. 점심시간에 시작한 서명은 퇴근 시간까지 이어졌다. 손이 아프고 약간 숨도 찼지만 힘들지는 않았다. 글씨 쓰는 걸 좋아하기도 하고, 이소연 시인이 출판사 분들과 대화하는 걸 듣는데, 놀라운 입담에 지루한 줄 몰랐다. "도심시 구독자가 여섯 명이나 늘었어! 정말 오기를 잘했지 뭐야." 또 뿌듯한 마음으로 집에 왔다.

이후 인스타 라이브 방송을 위해 다시 파주에 갔다. 진행을 맡아준 서효인 시인의 차로 갈 수 있었다. 망원역에서 출판단지로 가는 길은 언덕이 없고 평평했다. 서효인 시인은 이 길로 매일 출퇴근한다고 했다.

"그럼, 아침에 자전거를 타고 출근하시는 건 어때요?"

"싫어요."

친절한 시인의 갑작스러운 단호함이었다. "왜요? 평지라서 자전거 타면 좋을 것 같은데? 한강도 아름답고요." 내가 중얼거리자 시인은 "지금 하나도 안 막히는 길을 80킬로미터 속도로 가도 40분이나 걸리는데, 이 거리를 자전거 타고 다니라고요?" 지도 앱으로 길 찾기를 해보니까 자전거로 129분이 걸린다고 나왔다. 파주를 점점 가깝게 느끼고 있었는데, 그래도 그렇게까지 가깝지는 않은가 보다.

진행 천재 서효인 시인 덕분에 라이브 방송은 편하고 재미있었다. 응원도 많이 받아 힘이 났다. 목 상태가 안 좋았지만, 무사히 낭독도 해냈다. 편하게 얘기하다 보니 나도 모르게 김치볶음밥 레시피를 공유하고 있었다. 분명 그랬는데, 그 레시피는 떡볶이 레시피였다⋯⋯.

나는 적성 검사에서 요리에 0점. 역시 적성 검사는 정확하다.

망원동으로 가는 버스 2200번을 기다렸다. 멀리 와서 그런지 바로 돌아가기가 아쉬웠다. 심채경의 《천문학자는 별을 보지 않는다》(심채경, 문학동네, 2021)에서 읽었던 수성을 생각했다. 그곳의 하루는 아주 길다. 해가 뜰 때부터 질 때까지 88일이다. 밤도 88일. 태양과 가까이에 있어서 해도 거대하게 보인다고 한다. 여기가 수성이었다면, 기왕에 멀리 온 김에 느긋하게 있다가 갔을까? 수성에서는 아닐 수도 있지만 지구에서의 나는 체력이 약하기 때문에 서둘러 집에 가야 했다.

2200번 버스가 왔는데 이층버스였다. 방송을 촬영해준 J님도 같은 버스를 타서, 뒤풀이처럼 정겹게 이야기를 나누었다. 버스 창밖으로 멋진 대교가 보였다. "이렇게 한강이 보이는 퇴근길이라니!" 내가 감탄하자 J님은 이층버스라서 더 잘 보이는 거라고 말해주었다. J님이 새로 산 헤드폰을 보여주었는데 기능도 좋겠지만 그보다 회색, 아니 왠지 그레이라고 해야 할 것 같은 색감과 도톰한 타원형의 디자인이 정말 멋졌다. 주인인 J도 너무 맘에 든다고 했다. 옆에 앉은 나까지 행복해질 정도였다. 서로의 플레이리스트를 이야기하다 보니 이미 망원역이었다.

멋진 헤드폰, 이층버스, 한강뷰.

이런 것들마저 파주를 평균적으로 가장 가까운 도시로 만들고 있었다. 적어도 나의 측정과 실험에서는 그러하다 생각하며 이층버스에서 내렸다.

휴가 대신 호시절

대구 동구 신천동

금요일 오전 9시. 유현아, 이소연 시인과 서울역에서 만났다. 전날 낭독회를 함께하고 헤어진 지 열 시간도 되지 않아 다시 만난 것이다. 매일같이 시시콜콜한 얘기를 나누니까 이 사람은 뭘 좋아하는지, 어떻게 생각하는지 자연스레 알게 된다. 오해할 일도 점점 없어져 순한 말만 오간다. 날아오는 탁구공을 받아 넘길 때의 즐거움처럼 나는 계속해서 하고 싶은 말이 생겨 재잘거린다.

대구로 향하는 KTX 기차는 10시 2분. 서울역 카페에 앉아 커피와 빵을 먹었다. "맛있네요. 이 빵에는……" 생크림을 잔뜩 넣은 빵이 왜 인기인가에 대해서도 말하고 싶다.

"대구에 가는 기차, 서울역에서 출발하는 거 맞아? 표 어디에 적혀 있어?"

발권 후 같이 확인하기로 해놓고 이제야 물어본다.

"아이참, 맞다고."

숙소며 기차표며 늘 예약을 맡아 수고해주는 다정한 이소연 시인은 추궁당하는 느낌인지 억양이 내려간다.

"봐, 서울. 맞지?"

승차권에 가장 큰 포인트로 서울이라는 글자가 있다.

"서울역은 아닌데? 이 커다란 서울 어디든 서울이 될 수 있잖아. 어째서 서울역이라고 쓰지 않은 걸까?"

"동대구는? 동대구역은 역이라고 돼 있어?"

"아…… 동대구네. 그냥 역 이름으로 서울인 거구나."

갑자기 수긍이 쏙 된다.

동대구역에 도착했다. 토요일 오후에 문학 행사에 초대받아, 여름휴가 삼아 하루 먼저 왔다. 고명재 시인이 일러준 대로 6번 출구로 나갔다. 출구 앞 도로는 2층에 놓인 것으로 도시 특유의 인상을 주었다. 마치 전망대에서 보는 듯 눈앞에 도시가 펼쳐졌다. 멀리 사방을 감싸고 있는 산세는 초록의 파도가 치는 것 같았다. 길 건너에서 고명재 시인이 손을 흔들었다. 몇 년 전에 잠깐 뵌 적이 있고 두 시인도 인연이 있어 겸사겸사 함께 만났다. 고명재 시인도 창원에서 행사가 있어 동대구역에 온 것이었다. 우리는 점심을 함께하기로 했다.

대구에서는 뿔찜을 먹어야 한다고 누군가 말했다. 다들 뿔찜이 어떤 음식인지 궁금해하는데, 추측만이 난무하고 단어가 주는 뉘앙스에 대한 이야기만 오간다. 이소연 시인은 국어사전에서 뿔찜을 검색하더니 폴찜이 나왔다고, 그것이 '팔짱'의 방언이라며 퍽 좋아했다.

"호시절!"

뽈찜을 파는 식당 이름이 김현 시인의 시집 제목과와 같았다[《호시절》(2020, 창비)]. "여기 가서 사진 찍어 현 시인을 감동시키자! 리뷰도 좋아. 밑반찬이 맛있대!"

식당에 도착하면 뽈찜이 어떤 음식인지 적혀 있겠지, 내심 기대하며 갔는데 음식 이름만이 적힌 메뉴판이 참 깔끔했다.

"아니, 여기는?"

고명재 시인은 잘 모르는 동네라더니 학창 시절의 풋풋했던 추억담을 나눠주었다. 호시절이었다. 골목엔 배롱나무가 8월을 지키고, 벽은 커다란 회색 벽돌을 쌓아두었는데 덩굴 식물의 잎이 흔들리는 게 보기에 좋았다. 회색 벽돌도 노출 콘크리트만큼 세련된 양식이구나, 생각했다. 식당 입구에 들어서자 푸릇푸릇한 잔디가 있는 정원이 나왔다.

"시 모임 참가자께서 시 제목 '환'이 무슨 뜻인지 물어봐달랬어요."

식사하며 시 모임에서 함께 읽은 《우리가 키스할 때

눈을 감는 건》(고명재, 문학동네, 2022) 이야기도 나눴다. 시인은 우선 독자분들이 추측한 뜻이 궁금하다고 했다. 1, 2, 3…… 이어지는 구조가 고리 같다, 환이라고 부르는 알약 같은 것일 수도 있겠다, 근심이란 뜻의 환일지도 모른다, 불교적 의미의 환이거나, 사람 이름이 환이어도 재미있겠다…….

"저는 그냥 환하다, 빛이 환한 걸 쓴 것 같아요."

와, 물어보길 잘했다. 다음 주에 참가자들에게 알려주어야지. 식사 후 향한 카페는 조금 멀었다. 구름을 처음 보는 사람들처럼 다들 뭉게구름의 예쁨에 감탄하다 보니 어느새 카페에 도착했다. 붉은 벽돌 건물의 카페는 확실히 일부러 찾아갈 만큼 예뻤다. 여름 휴가를 가지 못한 나는 창밖 가득 초록 식물들과 식물 그림자를 눈에 열심히 담았다. 지나가는 구름 덕분에 공기의 색이 잠깐 바뀌는 순간도 틈틈이 살폈다. 기찻길 옆에 있는 카페에서 기차가 지나갈 때마다 이야기를 멈추고 밖을 바라보았다. "기차가 왜 이렇게 빠를까요?" 우리를 환하게 맞아준 고명재 시인은 우리를 숙소까지 데려다 주었다. 아직 휴가철인데 요령 있게 검색을 잘하는 이소연 시인 덕분에 쾌적하고 널찍한 숙소를 구할 수 있었다.

"오오, 이번엔 날짜가 맞는지 긴장되네."

"내년 오늘로 잡진 않았겠지."

체크인은 무사히 했지만 로비는 잠겨 있고, 비밀번호를 눌러야 하는지 카드키를 쓰는 건지조차 가늠이 안되었다. 그 순간 이소연 시인이 체크인하며 받은 메뉴얼을 슬쩍 보고 금방 사용법을 알아내더니 나에게도 가르쳐주었다. 친구가 알려줄 때 가장 잘 배우는 것들이 있다. 친구란 얼마나 좋은 선생님인지.

《슬픔은 겨우 손톱만큼의 조각》(창비, 2023)을 출간한 이후 부쩍 바쁜 유현아 시인은 오랜만에 숙소에서 고요한 시간을 갖기로 하고, 나와 이소연 시인은 수영장으로 향했다. 사용료가 꽤 부담되었지만 숙소 가격에 포함되지 않아 오히려 경제적이란 생각도 들었다. 휴가철인데도 이용하는 사람은 거의 없었다. 20미터 넓이의 수영장은 수심이 1.4미터라서 키가 작은 나는 자꾸 물을 마셨다. 그래도 좋았다.

8월의 한가운데, 10년 이상 미뤄왔던 도배와 장판 교체를 하느라 온 신경이 예민해져 있었다. 입주한 상태에서 하는 공사라 발코니로 모든 짐을 옮겨야 했다. 남편의 휴가 기간에 맞춰 가장 더울 때 공사를 하다 보니 일하는 분들도 고생이 많았다. 정리는 끝이 없고, 열흘 동안 내가 본 건 집의 단면뿐이고……. 그렇게 실리콘 냄새에 익숙해질 때쯤 대구에 왔다.

온몸에 힘을 빼고 물에 둥둥 띄웠다. 수경을 쓰고 바라보는 수영장 타일과 내 움직임에 따라 뽀르르 발생하는 물방울. 가끔은 내가 보는 화면을 슬쩍 바꿔주는 것이 마음 건강에 중요하구나, 생각했다.

저녁을 먹으러 나섰다. 유현아, 이소연 시인은 가방 같은 걸 매지 않고 동네를 설렁설렁 걸어가는 기분이 좋다고 했다. 대구에선 막창이 맛있다기에 '봉자막창'에 갔다. 그전까지 나는 막창을 먹어본 적 없었는데, 처음 맛본 막창이 너무 맛있어서 뭐라고 표현하기도 어려웠다. 사람들이 맛집을 좋아하는 이유가 이래서인가? 어떻게 음식이 이 정도로 맛있을 수 있지? 고사리를 끊임없이 추가해서 먹었다. 기회를 만들어서라도 반드시 다시 오기를 결심했다.

대구에서의 호시절이었다. 이소연 시인이 만들어준

조식과 친절한 택시 기사님도 좋았다. 커피가 너무나 맛있는 책방 '커피는 책이랑'에서는 복숭아를 예쁘게 썰어 내어주었다. 더위에도 오리배가 움직이는 '수성못'에는 귀여운 기념품 '뚜비굿즈'를 파는 관광안내소가 있었다.

행사는 작가들의 여름 문학제였다. 관객 모두 지역에서 활동하는 작가들이었다. 요즘 시가 독자에게 주는 어려움을 젊은 시인들이 어떻게 인식하고 있는지, 지난 시대에 시가 맡았던 역할을 젊은 시인들이 가치 있게 여기는지 하는 의문들에 대해 진지하게 대화를 나눌 수 있었다.

무거운 가방을 이고 지고 집으로 가는 길, 그때야 배가 아프다, 무릎이 아프다, 너도 아프냐, 나도 아프다 하는 말들이 나왔다. 이 두 사람은 피로가 깊어질수록 더 다정해지는구나. 짧지만 강렬했던 휴가의 끝, 두 사람의 다정한 성품에 감탄하느라 도착해서도 여행이 끝나지 않았다.

좀 덜 좋아하기

서울 성북구 석관동

한 낭독회에서 근황을 이야기하다 깨달은 것이 있다. "제가 다음 주 수요일까지, 닷새 연속 시 모임이 있더라고요?" 내가 말하자 사람들이 요즘 유행하는 말로 반응했다. "찐 광기 아닌가요?" 아무리 시를 좋아해도 그렇지 너무 바쁜 게 아니냐는 것이었다. 맞다. 좋아하는 일이라 그간 의식하지 못했는데, 매일 하는 시 모임은 무리인 것 같다. 좀 덜 좋아했으면 좋을 텐데, 어떻게 덜 좋아하지?

지구불시착에서 시 모임이 예정된 날이었다. 나는 오후에 미리 나와 자료 조사를 하고 있었다. 사장님이 물었다. "A 님이 못 온다고 디엠 주셨네. 오늘 모임 취소할까?" 이런저런 사정도 겹쳐서 취소하는 게 나을 듯했다. 미리 신청하신 분들에게 양해를 구하고 환불해드렸다. 오히려 좋아. 아직도 유행하는 말인지 모르겠지만 딱 나의 심정이었다. 모처럼 여유롭게 인스타그램을 켰다. 석관동 책방 '책의기분' 계정에서 강아지의 뒷모습 사진을 봤다. 피드에 하트를 눌렀다. '사정이 생겨서 루루가 같이 와 있어요'라고 피드 아래에 쓰인 글이 보였다.

"강아지 아직 있나요?" 디엠을 보내고 자리에서 일어

났다. 지구불시착에서 책의기분까지는 자전거로 14분. 따릉이를 빌려 석관동으로 향했다. 내가 보낸 디엠이 싱거워서 피식 웃음이 났다. 강아지가 있다는 대답이 오면 가고, 없다는 대답이 오면 안 가기라도 할 셈인가? 이상한 질문을 했네. 책의기분은 언제나 가고 싶은 책방이다. 호시탐탐 기회를 엿보지만 써야 할 원고가 있거나, 시 모임이 있어 마음처럼 자주 가지 못했다. "난 오늘 책의기분 갈 거야!" 이 말인즉슨 공들여 마감 원고 파일을 제출했음을, 시 모임이 마무리되거나 취소되었음을, 나에게 여유가 생겼음을 의미했다.

세상에 재미있는 일이 많겠지만, 즉흥적으로 자전거 타고 책방 가는 길이 가장 재밌다. 월릉교를 건넌다. 정말 많은 차가 월릉교로 중랑천을 건너고 있다. 도심을 가르는 너른 개천을 보고, 위에 펼쳐진 하늘도 본다. 길을 잘 모르는 석계역 주변을 지날 땐 잠시 자전거를 세워 지도 앱을 확인한다. 건널목이 노점으로 막혀 있는 재미있는(?) 신호등을 지나 철도 아래 좁은 내리막길을 통과한다. 그렇게 직진하다 보면 익숙한 돌곶이역이 나온다.

사촌 언니가 한국예술종합학교(한예종) 정문 앞에서

카페를 운영한 적이 있다. 언니가 강의를 하는 날에는 내가 가게를 봤다. 공간을 꾸미는 일, 누군가의 로망이 실현되는 일을 지켜보는 것은 흥미로웠다. 메뉴와 테이블은 물론이고, 싱크대 손잡이부터 진열하는 책까지 얼마나 많은 정성이 들어가는지! 그 시기 나는 카페에 있는 데스크톱 컴퓨터로 뭔가를 썼는데, 소설가 지망생이었던 내가 그곳에서는 자꾸 시를 쓰게 되어 신기했다. 그때 쓴 〈무대 디자인〉이라는 시는 두 번째 시집 《고구마워 고마워는 두 글자나 같네》에 수록되어 있다.

상월곡역으로 이어지는 길이 있다고 들어서 한예종을 통과해서 가다가, 무대를 만드는 작업을 봤다. 벽도 세우고 문도 달고 있었다. 저 무대가 완성되면 새로운 연극이 무대 위에서 펼쳐질 테다. 무대를 만드는 일은 시공간을 만드는 일과 다름없는 것이다.

한예종 옆에는 '의릉'이 있는데, 가고 싶어 하는 나를 위해 임지은 시인이 동행해주었었다. 한복을 입으면 할인해준다고 하여 엉뚱한 성격의 우리 둘은 한복 착용을 진지하게 고려했지만 편하게 입고 만났다. 누구의 능인지도 몰랐지만, 눈앞의 관광지에 들어가본 것만으로도 만족스러워했다. 나무 한 그루 한 그루가 잘 가꾸어졌고, 전통 건축물의 처마 지붕과 뒤로 보이는 능선의 조화가 절경을 이루었다. 의릉을 나오니 맑은 공기와 고요한 시간을 충분히 마신 듯 머리가 맑았다. 이후 웹툰 〈조선왕조실톡〉을 통해, 그곳이 숙종과 장희빈의 아들 경종의 무덤이라는 걸 알게 되었다. 아버지가 어머니에게 사약을 내린 비극을 겪으면서도, 세상의 의심 속에서도 자신이 폭군이 되지 않을 수 있을지 고뇌한 경종을 다룬 에피소드가 기억에 남았다. 의릉은 능석물의 배치와 양식을 간소하게 했다는데, 기회가 되면 다시 가보고 싶다.

자전거를 타고 책의기분을 간 적이 여러 번이다. 중요한 일을 마무리한 후 후련함을 안고 책방 투어를 나섰다. 그때는 석계역 방향이 아니라 지도 앱이 추천하는 최단 거리, 중랑천 쪽으로 갔다. 석관동을 끼고 있는 중랑천은 특히 예쁘다. 한천로와 만나는 지점에 트랙이 시원하게 깔려 있다. 석계초등학교 옆 육교로 자전거를 끌고 올라갔다. 자전거는 무거웠지만 새들이 나는 하늘을 보며 나아가니 좋았다. 나는 그때 세 번째 시집 제목을 고민하고 있었다. 조금 울적했다. '여름 외투라는 제목을 처음 지었을 때 분명 기뻤지만, 충분히 좋은 게 맞을까? 나를 말해주는 문장을 찾을 때까지 시를 더, 더 열심히 쓰자!' 결의를 다졌다. 그 다짐을 기억하려고 스마트폰으로 자전거 핸들을 찍었다. 길고 긴 석관지하보차도를 지날 땐 영화 속에 들어온 것 같았다. 땀을 흘리며 자전거를 세우려고 하는데 부재중 전화가 와 있는 걸 발견했다.

"전화 주셨나요?"

"학생 이름이 어떻게 되죠?"

"학생 아닌데요. 어디시라고요?"

"아, 여기는 대산문화재단입니다."

"대전문화재단이요? 저는 김은지 시인입니다."

자전거에서 내린 나는 더위에 정신이 하나도 없었고, 문화재단이라니 문학 행사 섭외 전화가 왔나 보다 했다. '여름 외투 외 49편'이 창작 기금에 당선되었다는 전화였다. 성실하게 묶어서 보내긴 했지만, 설마 될 줄 몰랐었기에 담당자의 말씀을 못 알아들었다. 대전이 아니라 대산이었는데.

그렇게 책의기분 사장님과 이소연 시인은 나의 가장 기쁜 순간을 처음으로 나눈 사람이 되었다. 두 사람의 축하와 응원의 말을 들으며 나에게 필요한 건 끝도 없이 나를 밀어붙이는 게 아니라, 오히려 내가 좋다고 생각하는 것을 믿어보는 용기라는 걸 깨달았다. 원고는 얼마 있지 않아 시집으로 출간되었다. 책의기분에 가면 그때의 기쁜 순간이 생생하게 떠오르고, 또 좋은 소식이 있을 것만 같다.

책방 앞에 자전거를 세우는데 통유리 안쪽에 루루가 보였다. 책방 대표님과 반갑게 인사를 나누고 루루가 부담을 느끼지 않도록 책방을 구경하는 척, 루루에게 관심 없는 척했다. 선반에는 내가 궁금했던 책들과 처음 보는 희귀한 책들이 놓여 있었다. 책의기분 덕분에 알게 된 출판사 '미행'의 신작이 나와서 제목도 보지 않고 샀다. 《누구의 것도 아닌 나》(플로르벨라 아스팡카 지음, 김지은 옮김, 미행, 2021)를 시작으로 《사티 에릭 사티》, 최초로 번역된 커밍스의 시집 《내 심장이 항상 열려 있기를》(E. E. 커밍스 지음, 송혜리 옮김, 미행, 2022) 모두 강연에서 소개할 만큼 좋은 책이었다. 출판사만 믿고 책을 샀는데 《벨기에 에세이》(김자영, 이수진 옮김, 미행, 2023)라는 책은 무려 브론테 자매들이 쓴 에세이였다.

보드라운 하얀 털과 식빵 색깔의 귀를 가진 루루는 내가 턱을 쓰다듬도록 허락해주었는데, 머리를 쓰다듬는 것도 싫어하지는 않았다. (말티즈는 대체로 낯선 사람에게는 턱까지만 허용해주고 머리에 손을 얹으면 성격이 나온다.) 가끔 짖는 루루의 목소리도 늠름하고 멋있다. 시 모임을 덜 좋아하는 것보다 강아지를 덜 좋아하는 게 필요한 것 같다. "귀여워!" 길 건너의 강아지를 보고 습관적으로 말했는데, 행인의 팔에 안겨 있는 것은 강아지가 아니라 쌀 자루였던 적이 있다. 덜 좋아하면 좋을 텐데, 어떻게 덜 좋아하지? 방법이 떠오르지 않는다. 어쩔 수 없이 계속 좋아해야겠다.

포포나무 보러 가기

서울 광진구 능동

"유튜브 안 해요?"

요즘 어느 분야에서나 듣는 질문인 것 같다. 사실 좋아하는 시를 소개하는 채널을 만들고 싶긴 하다. 어제 시 모임에서 《싫음》(김윤리 외, 디자인이음, 2023)에 수록된 김윤리 시인의 시 〈삼켰다〉를 읽었는데 너무 좋아서 이 시에 대해 계속 떠들 수 있었다. 앞으로도 떠들 생각을 하면 잠깐의 상상만으로도 즐겁다. 그래서 유튜브를 할 거냐고 묻는다면? 나의 대답은 글쎄요, 아니요, 쪽에 가깝다. 편집할 줄도 모르고, 시간이 많이 소요된다고 들었다. 저작권도 섬세하게 이해해야 하고 체력도 자신 없다. 그런 나인데 유튜브 콘텐츠를 만들었다. 2021년, 코로나 때문이었다.

* * *

"식물원 가서 시 쓰자."

내가 속한 분리수거 동인은 한국문화예술위원회의 지원사업인 '문학주간 작가스테이지'에 '곳곳 프로젝트'라는 이름의 지원서를 냈고 선정되었다. 강혜빈, 김은지,

임지은, 한연희 네 시인은 식물원과 고궁에서 즉흥시를 쓸 것이었다. 아름다운 공간이 어떻게 시로 창작되는지 영상에 담기로 했다.

"근데 왜 두 군데나 가요?" 내가 물었고 "적어도 두 군데는 가야 선정되지 않을까?" 연희 언니가 눈빛을 반짝이며 답했다. "맘 같아서는 세 곳은 가고 싶어. 공간이 시를 쓰게 한다는 걸 보여주는 좋은 콘텐츠를 만들려면." 오오, 나도 동료들을 본받아 좀더 성실하게 임하기로 했다.

그렇게 나는 서울 어린이대공원에 식물원에 처음 가보게 되었다. 일단 내가 사는 곳에서 가까웠다. 입장도 무료였다. 입구 바로 앞에 있어 쾌적했던 전철역도 떠오른다. 세종대학교의 멋진 건물들과 마주하고 있어 첫인상이 더욱 근사했다. 공원에 들어섰을 땐 살짝 오르막이라 나무들이 더 우거져 보였고, 예상과 달리 인적이 없었다.

서울에 이런 곳이 있었다니.

뉴욕 센트럴파크나 파리 센강이 부럽지 않았다. 평소의 대공원은 아무래도 이보다는 북적일 것 같은데, 또 모른다. 대공원은 새벽 5시에 오픈하여 밤 10시에 닫는 다고 한다. 너무 춥지 않은 새벽, 간편한 차림으로 음악 을 들으며 조깅하는 나의 모습을, 평소에 전혀 뛰지 않으 면서도 그려보는 것이다. 도심 공원의 한적한 시간을 상 상하는 것만으로 마음이 좋아진다.

이날 분리수거 멤버들은 드레스 코드를 녹색으로 정 했다. 다들 녹색 옷을 입었더니 즉석 떡볶이집 점원분이 "어머, 옷 맞춰 입으셨네요"라고 반응해주어서 뿌듯했 다. 강혜빈 시인 낭독회 때는 분홍색으로 맞춰 입고 오라 고 해서 평소 안 입던 원피스를 입었는데, 생각보다 편해 서 이후로 그 옷을 자주 입게 되었다. 작은 이벤트가 늘 귀찮아해 마지않는 나의 의복 생활에 큰 재미를 더해주 었다. 영상 언어는 잘 모르지만, 녹색이 곳곳 프로젝트의 영상미에도 중요한 역할을 하는 것 같다.

어린이대공원 입구는 지하철역부터 붉은 벽돌로 지 어져 더욱 근사했고, 대공원의 대문은 전통 건축물 형 태라 마치 궁궐 같았다. 식물원은 휴관이었다. 가기 전 에 개관일을 미리 검색해보았지만, 코로나 거리두기 강 화 기간이라 임시 휴관을 한 것이었다. 네 사람은 발길을 바로 돌리지 못하고 주위를 서성였다. 통유리 안으로 식물을 보기도 하고 문이 열려 있진 않은지 괜히 확인했다. (열려 있으면 들어가기라도 하려고?) 다행스럽게도 식물원 밖에도 멋진 나무가 많았다. 오히려 식물원이 열려 있었다면 그냥 지나쳤을 것 같은 나무들에 한참 눈길을 건넸다. 특히 포포나무 설명이 마음에 들었다.

포포나무
포포나무과
학명: Asimina triloba

나에겐 낯선 이름이었는데, 그 열매의 맛이 바나나, 파인애플, 망고가 합쳐진 것과 같다는 것이다. 대체 그게 무슨 맛이람? 예전에 '와인대백과사전' 비슷한 책에서 사실 맛은 설명하기가 어렵기 때문에 오렌지나 초콜릿처럼 분명히 아는 맛과의 비교를 통해 표현한다는 걸 읽은 기억이 났다. 포포나무는 사람들이 잘 모르니까 포포 맛이라고 표현할 수가 없구나 싶었다. 이어지는 설명도 매력적이었다. 잎에는 독성이 있어 사용하지 않으며, 병해충에 강하다고. '병충해'와 '병해충'의 차이를 생각하느라 시간이 필요했다. 이때 쓴 〈포포〉라는 시는 시집《여름 외투》에 수록되어 있다. 그런데 시로 써놓고도 어떤 잎사귀와 수피를 가진 식물인지 좀처럼 떠오르지 않는다. 때로는 말이 이미지보다 흥미롭고 인상적인 것 같다.

식물원은 비록 휴관이었지만 오히려 공원 전체를 대관한 것 같았다. 어딜 가도 사람이 없고 자리가 많았다. 우리는 널찍한 테이블에 앉아 무작정 시를 썼다. 시 쓰는 동안 타임랩스를 찍었다. 아무리 항상 시를 쓴다고 해도, 시 생각만 하는 바보라는 말을 듣는다고 해도, 이런 환경에서 시가 써질까? 처음엔 졸작의 예감이 왔는데 주위에 이례적인 풍경들이 도움을 주기 시작했다. 갑작스러운 빗방울, 폐수영장, 우리를 구경하는 예쁜 새, 어떤 열매는 느린 박자로 퍽퍽 떨어져주기까지 했다. 있는 것들, 보이는 것들을 그저 썼다. 그러자 뿌리에 있던 물이 잎으로 올라가듯 내면의 문장들도 길어 올려졌다. 거의 아무 방해를 받지 않고 새소리를 배경음으로 낭독을 촬영했다. 그리고 후다닥 집으로 가던 한연희 시인의 모습이 떠오른다. 남편의 도움을 받아 밤새 영상 편집을 할 예정이라고 했다. 믿음직스러웠다.

* * *

　연휴의 대공원은 어떤 모습일까 문득 궁금했다. 예상보다 한산하기를 바라며 추석 연휴에 어린이대공원으로 향했다. 입구 왼편에는 기억 속에 흐릿해져서 거의 사라져가던 연못이 보였다. 인적이 드문 대공원은 달콤했다. 왼편으로는 꽃밭이 펼쳐졌고 곧 동물원이 나타났다. 얼마 전 동물원을 탈출하여 광진구 곳곳을 여행한 얼룩말 '세로'가 보였다. 물 마시는 곰도 봤다. 물을 손으로 뜨더니 입으로 가져가서 먹었다. 시라소니 한 마리는 사람에게 관심이 많은지 통유리 곁에 앉아 한 명 한 명 눈을 맞춰주었는데, 잘생겨서 깜짝 놀랐다. 물개는 수영 솜씨를 뽐내는 것처럼 배영을 하고, 바다사자는 너무나 커서 고래처럼 보였다. 태어나서 처음 보는 분홍색 펠리컨도 대공원에 있었다. 이제 끝이겠지, 하면 코끼리가 나타나고 생각보다 동물이 많다, 하면 캥거루가 나왔다.

　"캥거루가 한국에도 있었다니!"

캥거루뿐만 아니라 캥거루의 사촌인 왈라루도 있었다. 호주 사람인 케빈도 왈라루는 처음 봤다.

전에 왔을 때 문을 닫았던 식물원에 입장해봤다. 온실 속 다양한 식물의 잎 모양이며 잘 가꾼 분재가 신비로웠다. 하지만 어느새 사람들이 많아져서 제대로 볼 수가 없었다.

나갈 때는 놀이동산을 통과해 군자역으로 향했다. 어린이대공원인 만큼 바이킹도 후룸라이드도 어쩐지 저자극의 놀이기구로 보였다. 놀이기구를 타는 사람들이 지르는 함성도 왠지 평화로운 느낌.

환경공원은 대공원의 높은 벽 때문에 그늘이 보드라웠다. 어린이대공원에서 지나온 길 중에 가장 마음에 들었다. 예쁜 빌라들과 멀리 보이는 산이 어우러진 능동의 조용한 골목을 걷다 보니 그제야 기억났다. 포포나무에게 인사한다는 것을 깜빡했네. 포포나무 보러 다시 와야겠다.

전주가 좋은 음악

전북 전주시 서서학동

전주에는 있다. 마치 구름 옆에 테라스를 낸 듯이 세상을 한눈에 내려다볼 수 있는 옥상을 가진 도서관. '위용'이란 이런 건물을 표현하기 위해 존재하는 말이 아닌지. '전주시립도서관 꽃심'의 널찍한 테라스에 앉아 볕을 쐬면 인간도 광합성을 할 수 있을 것만 같다. 11월 20일이라는 것을 믿을 수 없게 볕은 따사롭다. 식물이 되기를 꿈꾸는 사람이라면 배치된 푹신푹신한 쿠션 의자를 이용하면 된다. 하지만 우리는 그 의자에 감히 앉지 못했다. 아직 깨지 못한 숙취 때문에 '앉기' 혹은 '기대기' 같은 움직임은 너무나 어려운 동작으로 느껴졌다.

"혹시 두통약 없지."

"없지만 구하면 나도 좀."

같은 증세를 느끼며 서로를 바라보는 동료의 눈빛은 진통에 효력이 있었다. 이 도서관 강당에서 시 낭독 행사가 있었다. 아무리 시 모임을 좋아하는 사람이라 해도 전날 과음을 하고 잠도 거의 못 잔 채 하는 오전의 낭독 행사는 힘들었다. 하지만 솔직히 재미있었다. 시를 읽는 건 언제나 환영이다. 더 좋은 컨디션이었다면 더 살뜰히 감상도 나누었겠지만, 이렇게나 술병이 난 십여 명의 동료들과 낭독 행사에 임하는 일이 살면서 또 있을까? 회상할 때마다 반드시 웃게 될 특별한 추억이 생겼군. 울렁이는 두통 속에서도 기뻤다.

전주에는 있다. 너른 연꽃밭에 지어진 전통 목조 건물의 도서관이. 여행의 이유가 다른 곳에서 볼 수 없는 절경을 보는 것이라면 '연화정 도서관'에 가면 된다. 11월이라 연꽃은 갈색으로 시들어 있었다. 조금 으스스했지만, 석양은 금빛을 쏟아붓는 듯 비현실적으로 아름다웠다. 밑동이 두 갈래로 자란 커다랗고 튼튼한 나무에 동료들과 올랐다. 사진 찍기에 관심이 없는 친구도 여기에서는 한 장 남기고 싶어 했다. 특별 행사로 국악 공연이 준비되어 있었으나 나는 급히 공연장을 빠져나왔다. 하필 이명으로 병원에 다녀온 터라 큰 소리가 무서웠기 때문이다. 혼자 도서관으로 피신하여 책을 구경했다. 한옥의 운치를 즐길 수 있도록 깔끔한 테이블과 의자를 갖춘 도서관은 너무 많지도 적지도 않은 사람들이 쾌적하게 이용하고 있었다. 진행 중인 독립출판 관련 행사도 좋은 반응을 얻는 듯했다. 수업을 땡땡이친 학생처럼 죄송하면서도 신났다.

그 밖에도 전주에는 있다. 저수지를 지나 숲속 오두막, 오직 시집만을 읽을 수 있는 도서관이. '학산숲속시집도서관'은 흙 밟는 소리가 박자가 되고, 새소리, 나뭇잎 흔들리는 소리가 선율이 되는 곳이다. 그 밖에도 전주에는 있다. 옛날 파출소를 리모델링해서 만들었다는 '여행자 도서관'이. 그곳은 여행 관련한 희귀한 도서들을 갖춘 곳으로 깔끔하면서도 세련된 인테리어가 돋보였다.

버스를 타고 방문했던 모든 도서관이 확실한 개성을 갖고 있었다. 단체 관광이란 으레 편한 만큼 도무지 내가 어딜 다녀왔는지, 그곳의 이름이 뭔지 가물가물하기 마련이다. 지도 앱을 열어 '내 장소' 별표를 해보아도 그 지역을 안다는 느낌이 잘 안 든다. 하지만 전주의 도서관은 각자가 충분히 기억에 남을 만큼 멋져 모두 내 장소가 되었다.

숙소는 서서학동에 있었다. 그 동네에서 동료들과 함께 뜨끈한 국물 음식도 먹었고, 숙소에 체크인을 했으며, 밤에 편의점도 다녀왔다. 뿌연 기억을 뒤져보면 우리는 우리 중 전주를 잘 아는 시인의 안내로 택시를 타고 근처 어딘가에 있는 전주 최고의 맛집에 갔다가 전주에서 가장 늦게까지 영업한다는 순댓국집도 갔다. 숙소로 돌아왔을 땐 2시가 넘었다. 한 시인과 한 평론가는 아이스크림을 노래했고, 나도 함께 편의점으로 갔다.

"내가 쏜다."

평론가 동료가 기념할 만한 일이 있다면서 아이스크림을 마음껏 고르라고 했다. 나는 며칠 동안 먹고 싶어 한 와일드바디를 골랐다. 아닐 수도 있다. 요즘 먹어봐야 한다는 최신 유행 아이스크림도 들었는데 역시 기억이 안 난다. 숙소 거실에 있는 벤치에 둘러앉아, 마감일이 며칠 남았는지, 어떤 책을 낼 계획인지 동료들의 근황을 들었던 것 같다.

"술 진짜 잘 드시네요."

소설가 Y님의 말이었다. 엥? 무슨 말씀인지. 저로 말할 것 같으면 1년에 술을 두세 번밖에 마시지 않고, 뒤풀이 자리에선 일등으로 집에 가는 사람인걸요.

"지금까지 내가 본 것만 일곱 잔이 넘는데요?"

"그게 많이 마신 건가요?"

술을 잘 마시는 사람은 앞에 앉은 사람이 몇 잔 마셨는지도 센단 말인가. 나도 모르게 홀짝홀짝 마셨는데 그게 많은 양인 듯했다. 한 모금만 마셔도 어차피 한 캔 마신 것처럼 기분이 좋아지기 때문에 굳이 술을 낭비하지 말아야겠다 생각했지만 이야기를 나누다 보면 어느새 술잔이 채워져 있었다. 글 쓰는 사람들은 왜 이렇게 말을 잘하는지? 친한 친구와 모르는 문인들이 고루 섞여 있는 상황에 나도 모르게 술잔을 홀짝거렸고 전주의 기억은 점점 아득해졌다.

출판사 대표이자 친한 선배인 J 언니와 방을 썼다. 숙소 1층은 마치 찜질방처럼 뜨끈뜨끈했다. 술에 잔뜩 취했고 다음 날은 일찍 일어나야 하는데, 우리는 과연 곤히 잘 수 있을 것인가? J 언니는 고양이처럼 몸을 돌돌 말고 누웠다.

"언니, 제가 요가 다닐 때 배운 걸 맨날 하거든요?"

나는 요가 클래스에서 배운 동작을 얘기해줬다.

"바로 누운 다음 이렇게 집중하는 거예요. 이마, 코, 목, 가슴, 팔, 허리, 다리. 무릎, 발바닥. 잠깐씩 집중하는 동안 몸의 독소가 위에서 아래로, 손바닥과 발바닥으로 빠져나간다고 상상해보세요."

"그래?"

나란 사람은 또 옆 사람에게 잔소리를 하는구먼, 빠른 반성을 하는데 J 언니는 순순하게 몸을 쭉 펴더니 내말대로 움직였다. 그리고 1분 만에 잠에 빠졌다. 뿌듯했다. 곁에 잘 자는 사람이 있으니 나도 잘 잘 수 있을 것 같았고 덕분에 실제로 잘 잤다.

조식을 원하는 사람은 근처 카페로 가면 된다고 했는데, 0명이 일어나서 조식을 이용했다고 한다. 아무도 조식이 맛있었는지 없었는지 알 수가 없었다고 한다. 버스에 탑승하자 생명수처럼 빛나는 커피가 준비되어 있었다. 감사합니다! 누군지 모르지만 수고해주신 분들께 속으로 인사를 드렸다. 그리고 아무도 깨우지 않아 늦잠 잔 임지은 시인이 나타나기를 기다렸다.

"먼저 가세요. 도서관으로 따라가겠습니다."

문자가 왔으나 버스는 임지은 시인을 두고 떠나지 않았다. 좀비처럼 걸으며 등장하는 시인이 너무 귀여워서 웃음이 터졌다.

전주에 대해 쓰고 있기 때문에 전주前奏에 대해 이야

기한다는 건 너무 일차원적인 것 같지만, 최근 많이 생각하고 있는 것이기에 어쩔 수 없이 일차원이 되어보도록 하겠다. 요즘 대중가요에서는 전주가 짧아져 거의 없어지는 추세라고 한다. 쇼츠가 유행하는 새로운 집중력의 시대. 리스너는 기다려주지 않으며, 다음으로 넘기기 전에 뭔가를 보여줘야 한다고. 시를 쓸 때도 비슷한 고민을 한다. 어떻게 독자의 기대를 배반하여 놀라게 해줄 것인가? 읽는 사람의 예상을 뛰어넘어 새로운 시를 쓰는 것과 독자를 계속 집중하게 하는 것은 모두 중요한 과제다. 그렇다면 에세이 쓰기는 어떨까? 이 글의 시작에서 나는 독자의 집중력을 유튜브 시청자로 가정하고, 우리가 함께 간 전주 도서관 곳곳을 1분 컷으로, 무작위로 구성해보았다. ……그랬다고 한다.

내가 사랑하는 전주, 전주가 좋은 곡을 생각하면 가브리엘 포레의 〈파반느〉가 떠오른다. 무슨 곡인지도 모른 채 멀리 버스를 타고 간다든지, 병원에서 차례를 기다린다든지 하는 시간에 흥얼거렸던 선율이다. 피아노 건반을 치듯 손가락을 움직이며 이 곡이 뭔지 늘 궁금했다. 그러던 어느 날 팟캐스트 '클래식이 알고 싶다'에서 소개해주어 마침내 제목을 알게 되었다.

지난해 가을 전주에 다녀왔을 때 가장 많이 들었던 아이브의 〈애프터 라이크〉도 짧은 전주에 가사가 바로 나오는 노래다. 좋은 구절 다음에 바로 좋은 구절이 이어진다. 쇼츠와 유튜브의 시대, 사람들은 정말 집중력을 잃어버렸을까? 그렇다면, 그 후에 따라올 새로운 형태의 집중력을 이해하고 싶다.

이 자리에 앉아
책에 밑줄 긋는 것을 좋아한다

서울 노원구 공릉동, 상계동

나는 자주 걷는다. 불안하면 걷는다. 몸이 뻐근하면 걷는다. 사람이 싫어지면 걷고 사람이 좋아지면 걷는다. 더우면 더워서 비가 오면 비가 와서 걷는다. 시가 안 써지면 걷고 그저 걷고 싶어서 걷는다. 그런 나에게 노원은 아파트를 지나 아파트가 나오는 다소 심심한 동네였다. 수락산 하이킹 코스도 좋고 중랑천 장미 축제도 좋지만 내가 비로소 즐거운 발걸음으로 집을 나서게 된 것은 책방과 친해지면서라고 할 수 있다.

책방 지구불시착은 태릉입구역에서 가깝다. 나는 이 곳에서 월 2회 시 모임을 진행하고 있다. 오늘은 시 모임이 없지만 지구불시착에 와서 이 글을 쓰고 있다. 왠지 글이 잘 써지기 때문이다. 지구불시착을 모르시는 분들을 위해 간단히 소개를 드리면…… 방금 사장님과 고민을 한 결과 소개를 간단히 할 수가 없다! 복잡하게 소개를 드리자면, 다음과 같다.

한 테이블에는 손님들이 공예품을 만들고 있다. 공예 작가들일 것이다. 지구불시착은 마을 예술가들의 활동 터전으로 세상에 하나뿐인 수공예 작품을 살 수 있다. 다른 테이블에 앉은, 사장님의 오랜 친구라고 하여 인사를 나눈 손님은 알고 보니 어딘가에서 책방을 했었다. 한참 얘기를 들어보니까 책도 냈었다. 그렇담 '모두가 작가인 책방'으로 소개하면 되려나? 방금 손님 한 분이 나로부터 대각선 자리에 맥주 한 잔과 함께 앉기에 확인을 해봤다.

"혹시, 책 내신 적 있으세요?"

"네."

역시……. 이 정도라면 여기 있는 모두가 작가라고 해도 좋지 않을까? 벽 쪽 테이블의 낯선 손님에게도 다가가 확인하고 싶지만 자중하도록 하겠다. 이윽고 서점에서는 '모두가 작가'가 된다는 말에 대한 흥미로운 토론이 이어졌다. 진정한 작가? 그런 것이 있을지도 모른다. 그러나 진정한 작가가 되기 위해 이것저것 고려하다 보면 글이 쓰기 싫어질 수도 있다. 사장님은 마치 '재밌게 글쓰기'의 수호자처럼 크게 말한다.

"모두가 작가야!"

그 말에 힘을 얻어 우리는 글을 쓴다. 꾸준히 쓰다 보면 명작이 탄생하고 그런 글이 수록된 책이 이곳에서 탄생하기도 했다. 《하루만 하루끼》(김택수 외 지음, 지구불시착, 2020) 절찬리 판매 중. 방금 예술가 두 분이 포스터를 주고 나갔다. 어디에 붙인담? 책방 벽면은 목판화와 수채화 등의 작품으로 채워져 있다. 이달 말까지 '월간 잡초 초대작전' 전시가 있기 때문이다.

예술을 진정 사랑하고 예술의 저력을 아는 어떤 자본가가 나타나 개성 있는 이 예술가들을 적극 후원해주면 자연스러울 것 같다. 나는 무명의 마티스와 피카소를 알아본 컬렉터 거트루드 스타인이 된 기분으로 작품 한 점 한 점을 감상한다. 이곳을 살롱 문화를 꽃피웠던 유럽의 카페와 비유하겠다고 했다. 사장님도 손님도 한마디씩 거들어준다.

"남프랑스가 좋겠어."

"남쪽 아닐 텐데?"

"꼭 사실대로 써야 해?"

"아니면 더 좋지."

"근데 있었겠지. 분명 그런 카페가 있을 거야."

지금 남프랑스 어딘가에서 예술의 최첨단에 대한 논의가 오가고 있을지 모르겠지만, 나는 굳이 멀리 갈 필요가 없다. 이런 대화를 나눌 수 있는 여기가 충분히 좋다.

태릉입구역에서 가까운 지구불시착까지 오는 방법은 다양하다. 우선 7번 출구로 나오면 하늘이 넓고 길다. 오늘은 보드랍고 하얀 구름이 낮게 떠 있었는데 한두 조각의 구름이 아닌 구름 떼를 볼 수 있다. 석계역 방향으로 뒤돌아 구름 떼를 구경했다. 그렇지만 차가 너무 많이 다니고 위험할 수 있으니까 7번 출구에서 나오자마자 오른쪽에 있는 공원으로 걸어도 좋다. 바람이 불면 솨아아, 나뭇잎의 파도 소리를 들을 수 있다. 다섯 발이면 정상인 얕은 언덕에 올라 도시를 내려다보는 게 좋아서 나는 이 길을 자주 택한다. 아니면 7번 출구로 나오자마자 묵동교를 건넌 다음 개울을 따라 걸어도 된다. 바로 다음 다리인 구묵동교까지 와서 돌다리를 건너고 계단을 오르면 지구불시착 건물이다.

"저 새 이름은 뭐죠?"

"이렇게 가까이에서는 처음 봐요!"

책방 단골손님들과 잠깐 산책을 나가면 지척의 키 큰 새는 어김없이 환호를 받는다.

"왜가리와 쇠백로네요."

나는 새의 발 색깔을 확인하고 대답해준다. 만약 묵

동교를 건넌 다음 개울로 내려가지 않으면, 조용한 산책로가 하나 더 있다. 관광지에 하나 남은 원주민들의 맛집처럼 숨겨져 있는 고요한 길. 한 번쯤 최단 거리가 아니라 이렇게 살짝 돌아 책방을 찾는다면 복잡했던 마음도 차분해질 것이다.

경춘선숲길을 걷다 보면 근사한 2층 책방이 하나 나온다. 바로 '책인감'이라는 서점인데 지구불시착과는 또 다른 느낌의 예술적 에너지가 흐르는 곳이다. 창밖으로 철길을 따라 이어지는 벚나무와 트렌디한 상점들, 강아지와 함께 산책하는 사람들을 보고 있으면 현대인들에게 필요한 위로의 순간이 바로 이런 걸까 하는 생각이 든다. 대기업을 다니다가 퇴사한 사장님의 경험 때문인지 이곳은 직장인들을 위한 워크숍이 좀더 많이 마련되어 있다. 클래식 라이브 연주, 크라우드 펀딩 강좌, 독립영화 북토크, 와인 모임 등등.

나는 책인감에서 '예술로'라는 활동에 참가한 적이 있다. 매일같이 책인감으로 출근하다시피 했다. 책인감에서도 글이 잘 써진다. 다양한 장르의 글 중에 특히 '지원서'가 잘 써진다. 아마 남 돕는 걸 좋아하는 사장님 성품 때문일 것이다. 헌혈을 일상적으로 하는 책인감 사장님. 그는 다양한 지원 사업에 적극적으로 응모하는데, 그렇게 알게 된 지원 사업에 관련한 귀중한 정보들을 책방을 찾는 손님들과 예술가들은 물론 다른 책방 사장님에게까지 기꺼이 전파한다. 나와 다른 예술가들은 어느새 2층 창가 자리에 앉아 새로운 지원서를 작성하고 있다. 실제로 이곳을 찾은 많은 작가가 이런저런 지원 사업에 선정되어 활발한 활동을 할 수 있게 되었다.

"죄송하지만 휴대폰 충전기 있나요?"

"없는 것이 없어요."

빠르게 변화하는 환경에 발맞추고자 사장님은 삼각대며 카메라 등 방송 장비도 열심히 갖춘다. 마이크나 조명을 다른 사람들에게 빌려주고 뿌듯해하는 모습이 자주 목격된다.

예술가들을 많이 만날 수 있고, 글도 잘 풀리는 책인감이지만 내가 자주 이곳을 찾는 결정적인 이유는 근처에 맛집이 많기 때문이다. 잔치국숫집에서부터 일본라멘집, 파스타집이며 빵집까지 맛있는 가게가 서울과학

기술대(과기대) 앞까지 늘어서 있다.

"은지 시인은 안 좋아하지만 맥줏집을 뺄 수 없죠."

"사장님, 은지 시인이 글에 맥줏집을 쓰면 내가 시켜
서 쓴 줄 알걸요?"

음…… 맛있는 맥줏집도 있다고 한다. 이소연 시인
은 맥주도 좋아한다. 나는 책인감에서 상주 작가로 일하
고 있는 이소연 시인과 같이 글을 쓰다가 밥을 먹고 과기
대 캠퍼스로 산책을 간다. 캠퍼스에는 아름다운 호수가
있어 인근 거주자들에게 좋은 산책로가 되어주고 있다.
한번은 해가 진 후 호수를 거닌 적이 있는데 멋진 조명
사이로 난 데크를 걷다가 청개구리를 발견했다.

"개구리야, 개구리야, 어디를 가는 중이니?"

청개구리는 거미줄로 다가가느라 바빠 보였는데도
하이쿠를 좀 좋아하고, 이소연 시인의 시를 좋아한다고
대답해주었다.

노원 남부에 지구불시착과 책인감이 있다면 노원역
에는 복합문화공간 '더숲'이 있다.

"은지야, 우리 집 앞이었으면 나는 맨날 갔을 거야."

부러움 가득한 표정으로 이 말을 한 친구는 경기도 광주에 사는데 더숲에서 상영하는 영화를 보기 위해 노원까지 왔다. 대체 얼마나 좋은 영화인데 이렇게 멀리 오는 걸까 싶어 나도 같이 봤다. 영화를 그다지 좋아하지 않는 내가 봐도 과연 명작이었다. 더숲에서는 두 시간 이동해서 올 만큼 특별한 영화들을 만날 수 있고, 감독이나 배우와 함께하는 행사도 자주 열린다. 이렇게 넓고 쾌적한 공간을 알게 된 건 '더숲 낭독회'라는 문학 행사 덕분이었다. 유명한 작가부터 잘 알려지진 않았지만 개성이 뚜렷한 작가까지 이곳에서 자주 만날 수 있었다. 언젠가부터 낭독회가 많이 열리고는 있는데 참여하려면 홍대나 강남으로 가야만 했다. 이렇게 걸어서 갈 수 있는 곳에 작가들이 찾아오니 좋을밖에.

더숲 뒷골목에는 골뱅이집과 치킨집, 버섯칼국숫집 등이 있다. 동료 시인들과 여기에서 고민을 많이 나누었다.

"요즘 시가 안 써지네요."

"제가 더 안 써집니다."

"최근에 시 읽어봤는데 너무 좋던데요?"

"저야말로, 다음 시집 기다리고 있어요."

"사실은 요즘 많이 씁니다."

"사실 저도 썼는데."

골뱅이소면 앞에서 새로 쓴 시 얘기를 하며 서로의 시 세계를 응원하고는 한다. 맛있는 가게가 있다는 것은 예술에 얼마간의 영향을 끼치는 것 같다.

노원에 산 지 10년이 넘었다. 처음 이곳에 집을 구했을 때 많은 사람이 내게 말했다.

"이제 여기서 오래 살 게 될 거야."

"다른 데에선 못 살아."

생활 인프라가 잘 갖춰진 곳이라는 뜻이었겠지만 마치 노원 중독에라도 걸린 것처럼 자꾸 말해서 나는 노원의 숨은 매력을 생각해보게 되었다.

아름다운 산세? 교육 환경? 자전거를 타고 이동하기 좋은 길? 사람들이 노원에 오래 머무르는 이유는 그 밖에도 많이 있겠지만 내가 노원을 떠날 수 없는 건 바로 이 사랑스러운 책방들 때문이다.

* * *

이 글은 2021년에 쓴 글이다. 책방 지구불시착은 2024년 1월에 가까운 곳으로 이사했다. 새로운 위치로 글을 수정하려고 하자 이소연 시인이 말했다.

"그걸 왜 고쳐, 하나의 역사인데!"

서울시 노원구 공릉로 32길 13 1층. 독립서점의 감성이 더 진해진 것 같다. 새로운 주소에서 더 많은 글을 더 즐겁게 쓸 수 있기를 기대한다.

다음은 이사하는 책방에 대해 쓴 시이다. 지구불시착의 추억을 기억하고 싶은 사람들과 같이 읽고 싶다.

이사 실감

하루해가 지려고 한다

어제는 눈이 내렸다
자동문 밖으로
슈거파우더를 뿌린 것처럼 하얀
보도블록의 경계선
바라본다

30일부터는
이 테이블에서 커피를 마실 수 없다

이 가게 앞 도로
차들은 항상 서행하고
횡단보도에 걸쳐 정차한다
왜들 그러는 건지
아직 알아내지 못했는데

문밖으로 나가

5년 만에 처음으로

건물 앞 가로수 나뭇가지를 올려다본다

겨울 가지 모양이

말굽자석 두 개 같네

저 나무는 뭐예요

이 나무?

느티나무라고 했던가

사장님도 모른다

폐업을 기념하는 행주 두 장이 도톰하다

누구라도

잘 사용할 수 있을 것이다

개업 날짜를

한 번 더 물어보면

진짜 실례가 되겠지

날짜를 외우지 않는 건
아무래도 믿기지 않아서

횡단보도 빼곡히 정차 중인 차들 사이로
사람들이 요리조리 잘도 건너온다

나는 이 자리에 앉아서
책에 밑줄 긋는 것을
정말 좋아했다

이 자리 앉아 글을 쓰고 있으면
책방 사람들이 말도 없이 나타나는 게
되게 좋았다

핫팩과 멀티탭 정리를 마친 사장님은
앞으로의 글쓰기 모임에서
책 만들면 정말 재미겠다, 하더니
유튜브를 켜고 우쿨렐레를 연습한다

흰 잔에 담긴 커피

이 공간에서

5년 동안 마신

따뜻한 아메리카노

연재를 하는 덕분에 기쁜 날이 많았다.

"시집을 읽어봤더니, 동네나 골목 같은 공간을 재밌게 쓸 것 같았어요!"

연재를 제안하면서 서효인 시인이 내게 건넨 말이다. 이 말에 너무 기뻤다. 그 기대에 부응하려고 최선을 다했다.

글이 올라올 때마다 책방 친구들과 독자들이 인스타 스토리에 공유해주었다. 응원의 힘으로 신나게 쓸 수 있었다. 특히 "여기 나오는 장소마다 가서 사진을 찍으면 좋겠다"는 혜경 님의 말이 다정했다.

트위터(X)에서는 돈의문 인기 대폭발의 계기가 되었다는 감사의 말을 들었다. 오래도록 간직하고픈 영광의 순간이었다.

"이소연 시인이 진짜 말이 나와요."

"곧 출간될 이소연 산문집에 제가 더 많이 나와요."

"세상에."

이소연 시인을 비롯해 글에 출연해준 모든 분께 사랑과 감사의 말씀을 전하고 싶다. 환대해주신 책방 대표님들은 동네 바이브의 가장 중요한 플롯이면서 스토리다. 이 책의 버팀목이 되어주었다.

얼마 전에는 회기역에 내려 고려대역 방면으로 걸었다. 골목의 인상, 고양이들의 한가로운 움직임, 가까운 명소, 잊은 줄 알았던 추억을 찬찬히 살폈다.

'아, 이제 쓰지 않아도 되는데?'

이제 쓰지 않아도 되는데, 어딜 가나 동네를 유심히 바라보는 즐거운 습관이 남았다.

부산, 속초, 원주…… 더 쓰고 싶은 이야기가 그새 생겼다. 언젠가 기회가 있으리라 믿는다. 《동네 바이브》가 모쪼록 편안한 여행이 되었길 바라며 또 좋은 곳에서 더 반갑게 만나 이야기 나누면 좋겠다.

바이브 인덱스

강동해변

고내포구

고수동굴

곽지해변

기형도문학관

광명스피돔

교하중앙공원

남양주모심지

경춘선숲길

노들섬

노작홍사용문학관

다누리아쿠아리움

단양구경시장

단양강잔도

두물머리

단양노트

다산생태공원

돈의문박물관마을

대부도

도덕산

더숲

디어마이블루

망원시장

매바위

만천하스카이워크

매봉산

반석산근린공원

문경새재

봉안터널

봉자막창

불광천

소마미술관

수성못

서울역사박물관

소백산

순천만습지

옥순봉

양수대교

어의도샛강생태공원

스캐터북스

용산전망대

여행자도서관

연희정도서관

의릉

읽을마음

작업책방 씀

정약용유적지

제비꼬리길

지구별서점

책담밭구

책의기분

책인감

카페소금

카페소소

커피는책이랑

학산솔숲시집도서관

한성백제박물관

파주출판단지

63아트

동네 바이브

©김은지, 2024

초판 1쇄 발행 2024년 4월 11일

지은이 김은지

펴낸곳 ㈜안온북스 펴낸이 서효인·이정미
출판등록 2021년 1월 5일 제2021-000003호
주소 서울시 마포구 월드컵로14길 28 301호
전화 02-6941-1856(7) 홈페이지 www.anonbooks.net
인스타그램 @anonbooks_publishing
디자인 피포엘 제작 제이오

ISBN 979-11-92638-35-5 03810